Nach dem Jugendbuch-Klassiker von

Enid Blyton®

Hanni & Nanni

Klassenfahrt nach Paris

Schneiderbuch
EGMONT

MIX
Papier
FSC FSC® C014496

2015 Schneiderbuch
verlegt durch Egmont Verlagsgesellschaften mbH,
Gertrudenstraße 30–36, 50667 Köln

Artwork: © Fotograf: Gordon Mühle/Mit freundlicher Genehmigung der
UFA Cinema GmbH und Universal Pictures International Germany GmbH
Text: Mark Stichler
Umschlaggestaltung und Innenlayout: Angela May, Mettmann
Printed in Germany (671575)
ISBN 978-3-505-13400-5

Inhalt

Ein Schreck zu später Stunde

Direktorin Theobald saß noch spät in der Nacht an ihrem Schreibtisch. Den ganzen Abend hatte sie sich mit all dem Papierkram beschäftigt, den die Verwaltung des Internats so mit sich brachte. Ihre kleine Schreibtischlampe beleuchtete allerlei Dokumente, Schriftstücke und Hefte. Noch ein paar Briefe, dann war es genug ... Die Direktorin nahm ihre Brille ab und rieb sich müde die Augen. Sie schob ihren Stuhl zurück, ging zum Fenster und warf einen Blick hinaus. Es war eine klare, kalte Nacht und ab und zu schien der Mond durch die dahintreibenden Wolken. Dann glänzten unter den Bäumen im Park noch ein paar letzte Reste Schnee.

Die Mädchen schliefen schon lange in ihren Betten und ganz Schloss Lindenhof lag in tiefem Dunkel. Ganz Schloss Lindenhof? Die Direktorin beugte sich vor und sah nach oben zum Dach. Nein, nicht ganz Schloss Lindenhof: Oben in einer kleinen Dachkammer brannte noch eine Lampe. Natürlich, dachte Frau Theobald und lächelte. Konrad ist noch wach und liest. Doch im selben Moment ging auch bei Konrad Kästner das Licht aus.

„Zeit, ins Bett zu gehen", seufzte Frau Theobald und trat

vom Fenster zurück. Zerstreut nahm sie noch einen letzten Brief vom Schreibtisch und öffnete ihn. Während sie ihn überflog, wurde ihre Miene auf einmal ernst.

„Ach du meine Güte“, flüsterte sie. „Die Reise nach Paris. Die hatte ich ganz vergessen. Und jetzt das ...“ Noch einmal und noch einmal las sie den Brief, beinahe als hoffte sie, der Inhalt würde sich nach mehrmaligem Lesen ändern. Doch er änderte sich nicht. Frau Theobald dachte nach und eilte dann entschlossen aus dem Büro.

Die Zimmer der Lehrer lagen nur ein Stockwerk tiefer und kurze Zeit später stand die Direktorin vor der Tür von Mademoiselle Bertoux, der Kunst- und Französischlehrerin. Sie pochte leise gegen die schwere Holztür.

„Mademoiselle Bertoux?“, rief sie leise. Von drinnen war nichts zu hören. Frau Theobald klopfte wieder, dieses Mal etwas lauter.

„Mademoiselle Bertoux.“ Sie hielt ihr Ohr an die Tür und lauschte. Verwundert runzelte sie die Stirn. Das klang ja fast so, als würde da drinnen im Schlafzimmer jede Menge Holz gesägt. Kein Zweifel: Mademoiselle schlief den Schlaf der Gerechten und sie schnarchte dabei wie ein Holzfäller.

„Mademoiselle Bertoux!“, rief Frau Theobald lauter, doch ihr antwortete nur das gleichmäßige Schnarchen der Französischlehrerin. Kurz entschlossen öffnete die Direktorin die Tür und trat an das große Himmelbett. Es dauerte eine Weile, bis sie im Dunkeln die kleine, rundliche Frau zwischen all den Decken und Kissen entdeckte. Frau Theobald fasste sie an der Schulter und rüttelte sie kräftig wach.

„Mademoiselle Bertoux!", rief sie laut. „Wachen Sie auf!"

„Wa-was?" Die Lehrerin fuhr aus dem Schlaf auf. Erschrocken tastete sie nach der Nachttischlampe und schlug wild um sich. „Mörder ... Diebe ... Einbrähschähr!", schrie sie. „Zu 'ilfe! 'iiiilfe!"

„Beruhigen Sie sich, Mademoiselle", flüsterte die Direktorin. „Beruhigen Sie sich. Ich bin es nur, Frau Theobald." Sie suchte nach dem Lichtschalter und knipste die Nachttischlampe an. Doch Mademoiselle Bertoux konnte immer noch nicht sehen, wer da zu nachtschlafender Zeit in ihr Zimmer eingedrungen war. Sie trug eine große Schlafbrille über den Augen.

„Zu 'iiilfe!", schrie sie wieder, bevor Frau Theobald ihr die Brille herunterziehen konnte. Als die kleine Französischlehrerin schließlich die Direktorin vor sich stehen sah, hielt sie atemlos inne. Ihre Nachthaube war verrutscht und die Schlafbrille hing ihr schräg über die Stirn. Wider Willen musste Frau Theobald schmunzeln. Aber sie hatte sich gleich wieder im Griff.

„Entschuldigen Sie die späte Störung", sagte sie und schwor sich im Stillen, die Französin nie wieder in ihrer Nachtruhe zu stören. Die Aufregung um diese Uhrzeit war sicher nicht gut für ihr Herz und noch weniger für das von Mademoiselle Bertoux.

Die Französischlehrerin rückte ihre Haube zurecht und nahm die Schlafbrille vom Kopf. Sie wollte gerade etwas sagen, als eine strenge Stimme ertönte.

„Was ist denn hier los? Bei diesem Krach kann ja kein Mensch schlafen." In der Tür stand Frau Professor Mägerlein, die Mathematiklehrerin und Zimmernachbarin von Mademoiselle Bertoux. Würdevoll schritt sie ins Zimmer und blieb am Fußende des Betts stehen.

„Ach", sagte Frau Theobald und ließ sich auf die Bettkante sinken. Wenn sie gewusst hätte, was für einen Aufruhr sie zu dieser nachtschlafenden Zeit verursachen würde ... Doch es war ganz gut, dass Frau Mägerlein da war. Sie würde mit ihrer nüchternen Art das aufbrausende Temperament der Französin vielleicht zügeln können, wenn Frau Theobald ihre Neuigkeiten berichtet hatte. „Ich wollte nicht so einen Wirbel verursachen. Aber da Sie nun einmal da sind ... Ich habe schlechte Nachrichten."

Mademoiselle Bertoux setzte sich im Bett auf und sah der Direktorin gefasst ins Auge.

Frau Theobald schwenkte den Brief. „Wie Sie beide ja wissen, steht die Fahrt zu unserer Austauschschule in der Nähe von Paris an. Leider habe ich bisher vergessen, die Bestätigung von der Direktorin einzuholen. Es ist ja jedes Jahr das Gleiche und ich hatte in letzter Zeit einfach zu viel um die Ohren ... Unsere finanziellen Schwierigkeiten sind zwar besser geworden, seit Professor Kästner in der Küche für die Verpflegung sorgt. Trotzdem ... unsere gesamte Ausstattung lässt sehr zu wünschen übrig."

„Frau Theobald", unterbrach Frau Mägerlein die Direktorin. „Sie haben uns doch bestimmt nicht geweckt, um zu dieser Stunde die täglichen Sorgen mit uns zu diskutieren."

„Nein, nein", sagte Frau Theobald eilig. „Natürlich nicht. Es geht um den Schüleraustausch ... Ich muss Ihnen leider mitteilen, Mademoiselle Bertoux, und auch Ihnen, Frau Mägerlein, dass der Austausch zu meinem größten Bedauern nicht stattfinden kann. Die französische Schule hat abgesagt. Hier steht es schwarz auf weiß." Wieder schwenkte sie den Brief in der Luft.

Mademoiselle Bertoux starrte die Direktorin an und schnappte nach Luft. Auch Frau Mägerlein fiel erst einmal nichts ein.

„Na, so was", sagte sie schließlich tonlos.

Frau Theobald nickte traurig. „Ja, so ist es. Wir sind nicht die Einzigen, die von den Sparmaßnahmen zu drastischen Schritten gezwungen werden. Auch unsere französische Partnerschule hat schlicht und einfach kein Geld. Sie können die Unterkunft und auch die Reisekosten der französischen Mädchen zu uns zurzeit nicht aufbringen. Sie hoffen, dass es nächstes Jahr wieder möglich ist, aber dieses Jahr fällt der Austausch ins Wasser. Es sei denn, uns fällt eine Lösung ein. Und deshalb bin ich hier."

„Aber, aber, aber ...", stotterte Mademoiselle Bertoux völlig aus dem Häuschen. „Das kann doch unmöglisch … Das kann doch unmöglisch wahr sein. Wir müssen einfach mit den Mädchen nach France … Sie können doch nicht absagen, so kurz vor'ähr? N'est-ce pas, Frau Mägerlein? Nicht wahr?"

Sie sprang aus dem Bett und flitzte zum Spiegel, um nervös an ihrer Nachthaube herumzuzupfen. Als würde das etwas ändern …

Frau Mägerlein zog den Morgenmantel enger um ihr Nachthemd. „Also, ich muss schon sagen …", meinte sie verärgert. „Ich finde das auch etwas kurzfristig. Hätten sie sich das nicht früher überlegen können?"

Frau Theobald lächelte hilflos. „Wahrscheinlich geht es der französischen Schule ähnlich wie uns. Die Sorgen werden nicht weniger … Vielleicht haben sie es aufgeschoben und gehofft, es könnte doch noch klappen …" Sie zuckte mit den Schultern. „Wie auch immer, das hilft jetzt nichts. Die Frage ist: Was sollen wir tun? Es würde den Mädchen doch das Herz brechen, nicht nach Paris fahren zu können. Sie haben sich den ganzen Winter darauf gefreut. Und ich halte es auch in erzieherischer Hinsicht für wichtig. Aber mir fällt einfach keine Lösung ein."

„Könnten wir nicht die Eltern bitten, etwas vorzuschießen?", schlug Frau Mägerlein vor.

„Ja. Aber selbst wenn … Ich kann mir beim besten Willen nicht vorstellen, dass die Eltern unserer Schülerinnen auch den Aufenthalt der französischen Mädchen bei uns finanzieren würden."

„Dann fahren wir eben ohne den Austausch"", rief Mademoiselle Bertoux entschlossen. Sie wollte unbedingt nach Frankreich reisen. Das war ihre Heimat und sie freute sich jedes Jahr aufs Neue, den Mädchen ihr Land zu zeigen.

„Darüber habe ich auch schon nachgedacht", erwiderte Frau Theobald. „Aber dafür haben wiederum wir kein Geld. Wir müssten auf die Schnelle eine Pension oder etwas Ähnliches finden, die sehr preiswert ist und zudem eine ganze Klasse aufnehmen kann. Das ist schlicht unmöglich."

Die nächtliche Lehrerkonferenz dauerte noch eine ganze Weile. Mademoiselle Bertoux kochte Tee und alle drei – sogar die steife Frau Mägerlein – ließen sich auf ihrem großen Himmelbett nieder und überlegten gemeinsam, was zu tun sei. Aber sie konnten die Sache drehen und wenden, wie sie wollten, eine Lösung fiel ihnen nicht ein.

Als Mademoiselle Bertoux schließlich wieder mit Jammern anfing, stand Frau Mägerlein entschlossen auf. „So", erklärte sie. „Jetzt reicht es. Heute Nacht kommen wir nicht weiter. Und Jammern hilft auch nicht. Wenn es denn sein soll, dann bleiben wir eben hier. Da können die Mädchen wenigstens etwas Vernünftiges lernen."

Mademoiselle Bertoux sah sie entsetzt an. Frau Theobald seufzte.

„Morgen ist auch noch ein Tag", sagte sie. „Frau Mägerlein hat recht. Kommt Zeit, kommt Rat. Ich glaube, für heute ist es das Beste, ins Bett zu gehen. Und vorerst kein Wort zu den Mädchen."

Die beiden verabschiedeten sich. Mademoiselle Bertoux sah ihnen traurig hinterher. Sie räumte die Tassen weg und legte sich wieder ins Bett. Aber sie tat kein Auge zu. Sie überlegte hin und her, wie ihre Klassenfahrt nach Frankreich doch noch klappen könnte ...

In der Zwickmühle

Als Nanni am Morgen die Augen aufschlug, saß Hanni bereits mitten im Zimmer und packte ihre Sachen für den Unterricht. Nanni blinzelte kurz, streckte die Nase unter der Bettdecke hervor und sah zum Fenster hinaus. Draußen schien die Sonne. Sie schüttelte verwundert den Kopf und schloss die Augen wieder.

„Los, aufstehen, du Faulpelz!", rief Hanni und sprang auf.

Nanni öffnete die Augen wieder. „Es ist also kein Traum", sagte sie verschlafen. „Die Sonne scheint und du bist vor mir auf den Beinen. Das kann doch eigentlich kaum sein."

„Phh", machte Hanni schnippisch und ging ins Badezimmer. „Als ob du immer als Erste aufstehen würdest!", rief sie.

„Normalerweise schon", murmelte Nanni in ihre Bettdecke und grinste. Sie stand auf und tapste barfuß hinter Hanni her ins Bad.

„Gibt's irgendwas Besonderes heute?", fragte sie.

„Nö, nischtsch", nuschelte Hanni, während sie sich die Zähne putzte. „Auscher Franschöschisch ..."

„Wie bitte?" Nanni verstand kein Wort. Sie nahm ebenfalls ihre Zahnbürste und putzte sich die Zähne.

„Wir haben heute Französisch in der ersten Stunde“, sagte Hanni, nachdem sie den Mund ausgespült hatte. Sie bürstete sich die Haare und band mit einem Haargummi einen Zopf.

Nanni zuckte mit den Schultern. „Französisch? Na und?“ Das war für Hanni noch nie ein Grund gewesen, früher als gewöhnlich aufzustehen. Also in letzter Minute. Auch Nanni spülte ihren Mund und band sich einen Zopf.

„Tust du nur so, oder hast du es tatsächlich vergessen? In zwei Wochen geht's auf nach Frankreich oder, wie Mademoiselle Bertoux sagen würde: la belle France.“

„Ach so“, sagte Nanni und gähnte. „Ich wusste gar nicht, dass du so wild auf die Klassenfahrt bist.“ Sie freute sich auch auf die Reise, aber irgendwie war ihr das alles noch viel zu weit weg, um sich jetzt schon damit zu beschäftigen.

„Na, hör mal“, rief Hanni. „Frankreich, Paris, die Straßencafés, die Boulevards, der Louvre und die Mode.“ Sie konnte sich nicht helfen, aber sie bekam unweigerlich gute Laune, wenn sie nur daran dachte.

„Du hörst dich ja schon an wie unsere liebe Daniela“, sagte Nanni und lachte.

„Na, vielen Dank.“ Mit Daniela verglichen zu werden war so ziemlich das Schlimmste für Hanni. Sie verkörperte alles, was die Zwillinge furchtbar fanden. Daniela schminkte sich, sie verbrachte unendlich viel Zeit damit, ihre Klamotten auszusuchen, und sie gab ganz fürchterlich mit ihrem Vater an, der eine Dessousmodenfirma leitete. Das machte Daniela natürlich zur absoluten Expertin für Mode. Und ihre Lieblingsfarbe war Pink. Alles an Daniela war pink, von den Schuhen bis zur Schleife in ihren blonden Haaren. Kurz: Daniela war eine Ziege, aber trotz allem waren die Zwillinge irgendwie mit ihr befreundet. Sie konnte nämlich auch ganz nett sein. Manchmal ...

Hanni ließ sich die Laune jedenfalls nicht verderben, auch nicht durch den Vergleich mit Daniela. „Komm schon", sagte sie und überlegte lange. „Il est déjà sept heures et demie", fuhr sie dann etwas holprig fort. „Es ist schon halb acht. In einer viertel Stunde geht's los."

Nanni verdrehte die Augen, griff sich eilig ihre Bücher und rannte hinter Hanni her.

„Guten Morgen, liebe Mähdschen", sagte Mademoiselle Bertoux leise und schlich ins Klassenzimmer. Hanni und Nanni sahen sich an. Was war denn mit der Französischlehrerin los? Sie sah schrecklich aus, war ganz bleich und über ihre Stirn zogen sich tiefe Sorgenfalten. Sie schlurfte gebeugt zum Lehrerpult, als hätte ihr jemand alle Französischbücher der Welt auf den Rücken gebunden. Normalerweise war Mademoiselle Bertoux zu jeder Tages- und Nachtzeit quicklebendig und flitzte herum wie ein kleiner, runder Gummiball. Kein Zweifel, es musste etwas geschehen sein.

„Diesen Morgen schreiben wir ein Diktat", sagte Mademoiselle, nachdem sie sich umständlich auf ihrem Stuhl niedergelassen hatte.

Nicht nur den Zwillingen, auch den anderen war die Stimmung der Französischlehrerin nicht entgangen. Das Geplapper, das zu Anfang ihrer Stunden immer herrschte, war augenblicklich verstummt und alle holten ihre Hefte heraus. Es gab keine Widerrede und kaum Gestöhne, wie es sonst üblich war. Nanni sah sich nach Erika um. Erika war die beste Freundin der Zwillinge und außerdem lag ihr Zimmer auf dem gleichen Stockwerk wie das der Lehrer. Hatte sie vielleicht etwas mitbekommen? Aber Erika zuckte nur mit den Schultern und schüttelte den Kopf.

Mademoiselle Bertoux schlug ihr Buch auf und begann vorzulesen. Die Mädchen beugten den Kopf über ihre Hefte und fingen an zu schreiben. Den Rest der Stunde hörte man nur noch das Kratzen der Federn übers Papier und die leise, monotone Stimme der Französischlehrerin. Kurz vor Ende klappte Mademoiselle Bertoux das Buch zu.

„'anni und Nanni, sammelt die 'efte ein", sagte sie. „Isch werde mir die Diktate durchlesen."

Die Zwillinge sprangen auf und sammelten die Hefte ein, während die anderen das Klassenzimmer verließen. Dann gingen sie nach vorne zu ihrer Lehrerin.

„Mademoiselle", fing Nanni an, aber die Französischlehrerin hob sofort abwehrend die Hand.

„Isch 'abe keine Zeit", sagte sie. „Bitte, gebt mir nur die 'efte."

„Aber Mademoiselle", sagte Hanni energisch, „was ist denn los? Wir haben doch gemerkt, dass etwas nicht stimmt."

„Ach“, machte Mademoiselle Bertoux und fasste sich an den Kopf. „Fragt misch nicht, Kinder, fragt misch nicht. Ich kann euch doch nichts sagen.“

„Ist es so schlimm?“, fragte Nanni mitfühlend.

„Ach, es ist so schlimm, dass isch die ganze Nacht kein Auge zugetan ’abe“, platzte die Französischlehrerin heraus. „Toute la nuit ... Isch ’abe gegrübelt, nachgedacht, aber, ach ... Isch darf nichts sagen.“

Die Zwillinge sahen sich an. Es musste ja etwas ganz Furchtbares geschehen sein, wenn Mademoiselle Bertoux so aufgelöst war.

Um sie zu trösten, sagte Hanni: „Ach, Mademoiselle, freuen Sie sich doch. Bald fahren wir nach Frankreich, la belle France.“

Mademoiselle Bertoux sah die Zwillinge an, als hätte sie zwei Gespenster vor sich. „Kinder, wenn es doch nur so wäre!“, rief sie plötzlich und warf theatralisch die Arme in die Luft. „Aber es sieht ganz so aus, als würde unsere Reise nach Frankreich dieses Jahr nicht stattfinden.“ Sie hielt sich die Hand vor den Mund. Jetzt hatte sie es doch ausgeplaudert. Ach, diese Mädchen. Sie bekamen einfach alles aus ihr heraus. Mademoiselle Bertoux schüttelte ärgerlich den Kopf.

Hanni und Nanni standen da wie vom Blitz getroffen. Sie hatten mit vielem gerechnet, aber nicht damit.

„W-w-wie bitte?“, fragte Hanni perplex. Und dann ruhten sie nicht mehr, bis Mademoiselle Bertoux ihnen alles haarklein erzählt hatte.

Beim Mittagessen im großen Speisesaal berichteten Hanni und Nanni ihrer Cousine Lilly, Daniela und Erika, was los war. Die drei waren genauso erschüttert wie die Zwillinge.

„Das gibt es doch gar nicht!", rief Lilly empört und warf ihren Löffel auf den Tisch. Sie hatte sich schon seit Monaten auf die Fahrt nach Paris gefreut.

Frau Mägerlein saß nur einen Tisch weiter und sah die Mädchen streng an. „Was soll denn das?", fragte sie. „Holt euch euer Essen und macht nicht solch einen Krach."

„Aber, Frau Mägerlein ...", begann Hanni. „Haben Sie denn noch nicht gehört ...?"

Frau Mägerlein musterte sie kühl. „Hanni Sullivan", unterbrach sie Hanni. „Wir sind beim Essen und ich interessiere mich sicher nicht für jeden Klatsch, der hier im Speisesaal kursiert. Und euch möchte ich dringend raten, das auch nicht zu tun. Also seid still und esst."

„Aber ..." Hanni wollte nicht so leicht klein beigeben. Schließlich sollte doch auch Frau Mägerlein mit nach Frankreich fahren. Und möglicherweise wusste sie noch gar nichts von den schlechten Neuigkeiten. Doch ein leichter Stoß ihrer Schwester brachte sie zum Schweigen. Es hatte doch gar keinen Sinn, sich mit Frau Mägerlein anzulegen. Also gingen sie mit ihren Tellern schweigend zum Büfett und stellten sich in die Reihe. Sie standen noch nicht lange, als Nanni ihre Schwester wieder in die Seite knuffte.

„Was ist denn jetzt schon wieder?", fragte Hanni empört.

„Der Professor", flüsterte Nanni aufgeregt und zeigte nach vorne. Dort an der Theke stand Professor Kästner mit zwei Schülerinnen, die zum Küchendienst eingeteilt waren. Er schwang einen großen Löffel mit Kartoffelbrei und klatschte ihn mit einem fröhlichen ‚Voilà' auf den Teller des Mädchens vor ihm.

„Ja, und?" Hanni zuckte mit den Schultern. Es war ja nichts Ungewöhnliches, Konrad Kästner an der Essensausgabe zu sehen. Eigentlich war er zwar Professor für Orientalistik, aber damit, so hatte er den Zwillingen erzählt, ließ sich leider nur sehr schwer Geld verdienen. Also hatte Direktorin Theobald ihren alten Freund zum Küchenchef auf Schloss Lindenhof ernannt, als er nach langer Zeit ziemlich abgebrannt aus dem Ausland zurückgekehrt war. Und glücklicherweise verstand sich der Professor nicht nur auf altpersische Gedichte, sondern konnte auch ganz hervorragend kochen.

„Na, der *Professor*", flüsterte Nanni eindringlich.

„Ja, ich sehe ihn", flüsterte Hanni zurück. Ihr war immer noch nicht klar, worauf Nanni hinauswollte.

Nanni verdrehte die Augen. Hanni war heute aber auch wieder mal von einer Begriffsstutzigkeit ...

„Also", erklärte sie, „wenn uns einer wegen der Klassenfahrt nach Frankreich helfen kann, dann doch er, oder? Er weiß doch immer Rat."

Über Hannis Gesicht glitt ein Lächeln. Ja, natürlich. Wieso hatte sie selbst nicht daran gedacht? „Super", sagte sie und gab

Nanni einen Knuff zurück. „Wir fragen ihn gleich nach dem Essen."

Sie erzählten den anderen nichts von ihrem Plan, baten sie aber, am Nachmittag zum alten Swimmingpool hinter dem Schloss zu kommen.

„Vielleicht haben wir dann ja schon Neuigkeiten für euch", sagte Hanni.

Nach dem Essen rannten die Zwillinge in die Küche. Der Professor war gerade dabei, die großen Töpfe im Spülbecken einzuweichen. Als er Hanni und Nanni sah, lachte er.

„Na, so was. Ihr kommt gerade recht. Meine zwei Küchenhelferinnen haben sich eben verabschiedet. Sie müssen unbedingt für den Test morgen lernen, haben sie gesagt." Er kratzte sich am Kinn. „Eine etwas fadenscheinige Ausrede, wenn ich es noch einmal überdenke. Aber jetzt sind sie weg. Und ihr seid da."

„N-n-nein", stotterte Hanni erschrocken. „So war das nicht gemeint. Wir wollten nur mal Hallo sagen und Sie etwas fragen."

„Genau", fiel Nanni ein. „Wir brauchen Ihren Rat in einer enorm wichtigen Sache."

„So, so." Der Professor lachte wieder. „Eine enorm wichtige Sache. Tja, da kann ich nur sagen, eine Hand wäscht die andere." Er deutete auf die dreckigen Töpfe und den Mülleimer. „Was haltet ihr davon: Ihr helft mir in der Küche und anschließend gehen wir nach oben und ich höre mir in aller Ruhe euer Problem an."

Hanni und Nanni sahen sich an. Was hatten sie sich da nur wieder eingebrockt? Aber wenn sie wollten, dass Professor Kästner ihnen half, mussten sie wohl oder übel in den sauren Apfel beißen.

Seufzend streifte Nanni sich die Spülhandschuhe über und Hanni kümmerte sich um den Müll. Professor Kästner nickte zufrieden und nahm ein Geschirrtuch, um abzutrocknen. Irgendwann begann er leise eine Melodie zu pfeifen.

„Was ist das?", fragte Nanni und hörte auf, mit den Töpfen zu klappern.

„Das ist eine alte persische Weise", sagte Professor Kästner. „Ich kann euch nachher das Buch zeigen, in dem sie vorkommt."

„Ach", meinte Hanni schnell, die in diesem Augenblick mit dem leeren Mülleimer zurückkam. „Ein anderes Mal vielleicht?" Der Professor war ja sehr nett. Aber wenn er begann, seine persischen Lieder und Gedichte vorzutragen, fand er kein Ende mehr. Sie nahm ein Geschirrtuch, um beim Abtrocknen zu helfen.

Als sie mit dem Abwasch fertig waren, gingen sie nach oben in die Dachkammer, die sich der Professor als Studierstube eingerichtet hatte. Außer seinen Büchern hatte er nicht viel mitgebracht, also bestand seine Einrichtung hauptsächlich aus den alten Möbeln, die ihr Dasein schon lange Zeit auf dem verstaubten Speicher von Schloss Lindenhof fristeten. An der Stehlampe war der Schirm etwas eingerissen und das Polster des Sofas war ziemlich abgewetzt. Einer seiner Stühle schwankte gefährlich, wenn man sich daraufsetzte, und der Sessel, in dem Professor Kästner abends am liebsten saß, hatte nur noch drei Beine. Das vierte war durch daruntergestapelte Bücher ersetzt. Alles in allem war es urgemütlich in der kleinen Dachkammer.

Während Professor Kästner Tee kochte, erzählten ihm Hanni und Nanni die ganze Geschichte von der Klassenfahrt nach Frankreich.

„Hm", machte Professor Kästner, nachdem sie fertig waren, und kratzte sich wieder am Kinn. Er stellte Tassen auf sein kleines Couchtischchen und goss den Tee ein. „Das ist in der Tat ein ziemlich großes Problem. Auf die Schnelle dürfte es wohl kaum möglich sein, eine andere Schule zu finden, die bei einem Schüleraustausch mitmacht." Er nippte an seiner Tasse und sah die Zwillinge nachdenklich an. „Aber ..." Sein Blick schweifte ab und hinüber zu seinem riesigen Bücherregal.

Hanni und Nanni rutschten aufgeregt auf dem Sofa hin und her. Sie hatten es doch gewusst. Bestimmt hatte der Professor eine Idee, wie die Reise noch zu retten war. Das wäre zu schön, um wahr zu sein. Konrad Kästner erhob sich und ging hinüber zum Regal. Ein Weilchen fuhr er mit dem Finger an den Buchrücken entlang, dann zog er einen schmalen Band heraus.

„Ach“, sagte er und wischte zärtlich eine dünne Staubschicht vom Umschlag. „Ich hätte beinahe nicht mehr daran gedacht. Das ist ja schon eine Ewigkeit her, seitdem ...“ Er seufzte und brachte das Buch mit an den Tisch.

Oh weh, dachte Hanni. Hat er unser Problem schon wieder vergessen?

„Er will uns doch jetzt hoffentlich nicht irgendein persisches Gedicht vorlesen“, flüsterte sie. Nanni zuckte hilflos mit den Schultern. Was blieb ihnen anderes übrig, als abzuwarten ...

„Diese Abhandlung habe ich vor langer Zeit in Paris geschrieben“, fing der Professor an zu erzählen. „Das ‚Institut national des langues et civilisations orientales‘ war damals so freundlich, mir Zugang zu seiner Bibliothek in Paris zu gewähren. Sie haben mir später sogar ein Exemplar abgekauft ... Eins der wenigen. Aber das ist ein anderes Thema.“ Professor Kästner lächelte wehmütig. „Es handelt von einem Ausschnitt des Golestan, einer altpersischen Textsammlung des Dichters Saadi aus dem 13. Jahrhundert. Einige Zeilen daraus stehen sogar über dem Eingang zur Halle der Vereinten Nationen, stellt euch vor. Mit diesen Worten fängt das Zitat an: Die Menschenkinder sind ja alle Brüder, aus einem Stoff wie eines Leibes Glieder ...“

Der Professor schien ganz gefangen zu sein von den gewichtigen Worten und von seiner Erinnerung an Paris. Aber was half das Hanni und Nanni? Die beiden verdrehten die Augen. Mit dem Professor war dieses Mal nicht zu rechnen.

Konrad Kästner hatte inzwischen zu Ende deklamiert und blätterte in dem Buch nach vorne. „Und hier ist die Widmung", sagte er lächelnd. „Die dürfte für euch am wichtigsten sein."

Er hielt den Zwillingen das Buch hin. Höflich standen sie auf und sahen sich die Widmung an. Große Hoffnungen setzten sie allerdings nicht darauf ...

„A mes chers amis Marie, Pascal et Suzanne Fouchaud à Paris, qui m'aide dans les temps dûres et difficiles. Je vous gardez toujours un bon souvenir, le vôtre, Konrad", las Hanni holprig vor.

Was sollte das heißen? Hannis Französisch reichte bei Weitem nicht aus, um das zu übersetzen. Auch Nanni verstand nur Bahnhof. Sie war sich nur sicher, dass dieses Buch nicht davon handelte, wie man eine verpatzte Klassenfahrt retten konnte.

„Vielen Dank, dass Sie uns zugehört haben, Professor Kästner", sagte sie. „Aber wir haben es sehr eilig. Vielen Dank für den Tee. Wir müssen jetzt los."

Hanni nickte und zusammen traten sie den Rückzug an.

„Aber ...", sagte der Professor, doch die Zwillinge waren schon aus der Tür hinaus. Er ließ das Buch sinken und sah ihnen erstaunt hinterher. „Ich wollte doch gerade ..."

„Na, das war ja vielleicht ein Reinfall." Hanni starrte düster vor sich hin, als sie über den Hof von Schloss Lindenhof gingen. „Ich hatte wirklich gehofft, dass der Professor uns helfen könnte. Stattdessen kommt er mit seinen komischen Gedichten."

„Und wir haben auch noch Küchendienst für ihn gemacht. Freiwillig." Nanni kickte ärgerlich einen Stein weg. „Erika, Daniela und Lilly warten wahrscheinlich schon auf uns. Vielleicht ist denen ja inzwischen etwas eingefallen, wie wir doch noch nach Frankreich kommen."

Professor Kästner sah den beiden von seinem Dachfenster aus nach. In der Hand hielt er immer noch die Abhandlung über den persischen Dichter Saadi.

„Ja, ja, meine Lieben", sagte er und lachte leise. „Wartet nur ab. Ihr werdet euch noch wundern."

Pariser Beziehungen

Daniela, Lilly und Erika standen beim Swimmingpool und starrten missmutig in das leere Becken. Im Herbst wurde das Wasser immer abgelassen, weil es die Wände beschädigen konnte, wenn es im Winter Frost gab. Und der Pool war sowieso nicht mehr im besten Zustand. Überall blätterte die blaue Farbe ab und der Boden hatte Risse.

„Wo bleibt ihr denn?", rief Lilly ärgerlich, als die Zwillinge auftauchten. „Wir warten schon eine halbe Stunde und es ist eiskalt hier draußen."

Um zu zeigen, wie kalt es war, zog sie ihre dicke Winterjacke fester um sich. Daniela und Erika traten von einem Bein aufs andere und hatten sich ebenfalls in ihre wärmsten Mäntel gepackt.

„Wir kommen vom Professor", erklärte Nanni. „Das hat etwas länger gedauert als geplant."

„Vom Professor?" Erikas Miene hellte sich auf. „Gute Idee. Wenn jemand Rat weiß, dann er."

„Ja, und?", fragte Daniela ungeduldig. „Was hat er gesagt?"

„Fehlanzeige", meinte Hanni enttäuscht. „Erst hat er uns zum Küchendienst verdonnert und dann ein Buch über einen persischen Dichter gezeigt. Das war's auch schon. Außer warmem Tee gab es nichts Neues beim Professor."

„Wir hatten gehofft, dass euch inzwischen vielleicht was eingefallen ist", sagte Nanni.

„Pffhh", machte Lilly. „Hier draußen ist es viel zu kalt, um nachzudenken. Was für ein doofer Treffpunkt."

„Meckern bringt uns jetzt auch nicht weiter", warf Erika ein. „Wir brauchen einen Plan."

Sie gingen ein paar Runden um den Swimmingpool und überlegten hin und her. Nur Nanni war nicht ganz bei der Sache. Sie hatte eine Nachricht auf ihrem Handy bekommen und tippte eine Antwort.

„Sag mal, sagst du jetzt gar nichts mehr?", fragte Hanni irgendwann. Aber Nanni winkte nur ab.

„Gleich", murmelte sie und tippte weiter. Hanni wandte sich wieder den anderen zu.

„Wir bitten einfach unsere Eltern um Geld", schlug Daniela vor. „Mein Vater zahlt mir bestimmt eine Reise nach Frankreich."

„Na toll", meinte Erika schnippisch. „Zahlt er meine auch? Meine Mutter hat sicher nicht genug Geld, um einfach mal so eine Reise nach Frankreich zu bezahlen. Die ist froh, wenn wir im Sommer in den Urlaub fahren können."

„Meine auch", sagte Lilly und auch die Zwillinge waren ziemlich sicher, dass ihre Eltern den Frankreichaufenthalt nicht komplett zahlen würden. Sie hatten immerhin die doppelten

Kosten. Und es konnte ja nicht jeder einen reichen Dessousfabrikanten zum Vater haben.

„Morgen ist auch noch ein Tag", sagte Hanni schließlich. Sie gingen durchgefroren und enttäuscht zurück ins Haus.

Unten in der Halle lief ihnen Professor Kästner über den Weg. Ausgerechnet ... Er winkte ihnen fröhlich zu und ging die Treppe nach oben zu Direktorin Theobalds Büro.

Die Zwillinge winkten zurück, aber als er verschwunden war, verzog Hanni missbilligend den Mund.

„Der liebe Professor", sagte sie. „Jetzt trinkt er wahrscheinlich mit Theo Kaffee und denkt gar nicht daran, uns zu helfen."

„Mhm", machte Nanni abwesend. Sie starrte schon wieder aufs Display ihres Handys.

„Sag mal, was ist eigentlich los mit dir?", fragte Hanni.

„Nichts", sagte Nanni. „Ich weiß nur eins: Wir müssen unbedingt nach Frankreich."

Hanni sah ihre Schwester erstaunt an. „Aha? Heute Morgen hat das aber noch ganz anders geklungen", meinte sie.

Nanni lachte. „Manche Dinge ändern sich eben."

Am nächsten Morgen wussten Hanni und Nanni, wie Mademoiselle Bertoux sich gefühlt haben musste. Wie die Französischlehrerin in der Nacht zuvor hatten beide kaum ein Auge zugetan und hin und her überlegt. Aber eine Lösung war ihnen nicht eingefallen. Entsprechend missmutig tauchten sie zum Frühstück im Speisesaal auf.

Daniela, Erika und Lilly war es nicht viel besser ergangen. Zerknirscht und müde saßen sie vor ihrem Kakao. Umso überraschter waren sie, als kurze Zeit später Frau Theobald und Mademoiselle Bertoux mit einem breiten Lächeln auf dem Gesicht den Speisesaal betraten. Sogar bei der sonst so strengen Frau Mägerlein spielte ein kleines Lächeln um den Mund.

Die Direktorin ging schnurstracks zu ihrem Platz, nahm einen Löffel und klopfte gegen ihre Kaffeetasse. Nach und nach verstummte das Gemurmel der Mädchen und alle Gesichter drehten sich zu den Lehrerinnen.

„Ich wünsche euch allen einen schönen guten Morgen", begann Frau Theobald und lachte fröhlich. „Wir haben ein paar Neuigkeiten für euch."

Lilly rutschte nervös auf ihrem Stuhl hin und her. „Hat sich was mit ‚Guten Morgen'", sagte sie leise, aber doch so laut, dass es dem feinen Gehör von Frau Mägerlein nicht entging. Lilly erntete einen strengen Blick.

„Wie sich wahrscheinlich schon herumgesprochen hat, gab es einige Komplikationen wegen unserer Klassenfahrt nach Frankreich. Wir mussten unsere Planung notgedrungen etwas ändern ...", fuhr Frau Theobald fort.

„Pffh", machte Lilly. „Die Planung ändern ... von wegen. Wir bleiben hier, so einfach ist das." Wieder warf Frau Mägerlein ihr einen mahnenden Blick zu und zog bedenklich die Augenbrauen hoch.

„Jetzt sei doch mal still", flüsterte Hanni und gab ihr einen

Stoß mit dem Ellbogen. „Wenn du so weitermachst, brummt dir die Mägerlein noch Küchendienst auf. Und ich verstehe kein Wort von dem, was Theo sagt."

„Ja, ja", maulte Lilly. Wenn sie nicht genug geschlafen hatte, war sie einfach unausstehlich.

Frau Mägerlein atmete hörbar aus. Sie verließ ihren Platz neben der Direktorin und kam zu Lilly und Hanni herüber. „Seid ihr jetzt gefälligst still?", flüsterte sie energisch. „Ihr könnt euch nachher in der Küche weiterunterhalten."

„Aber ..." Hanni war baff. „Ich hab doch nur ..."

„Du machst es nur noch schlimmer", zischte die Lehrerin und hob den Zeigefinger.

„Frau Mägerlein", mischte sich Nanni ein. „Hanni hat wirklich nichts damit zu tun. Sie hat nur ..."

„Nanni Sullivan. Es reicht. Du kannst dich auch zum Küchendienst melden." Frau Mägerlein schüttelte erbost den Kopf und kehrte an ihren Platz zurück.

„Aber ich ...", sagte Nanni nur noch und sah ihr sprachlos hinterher. Da war wohl jemand mit dem falschen Fuß zuerst aufgestanden ...

Frau Theobald räusperte sich irritiert und fuhr fort: „Jedenfalls hat uns die französische Partnerschule für dieses Jahr wegen finanzieller Probleme abgesagt." Ihre sanften dunklen Augen schweiften sorgenvoll über die Köpfe ihrer Schülerinnen. „Warum sollte es anderen Schulen auch anders gehen als uns?", sagte sie traurig. „Doch das ist ein anderes Thema.

Jedenfalls hatten wir schon die Befürchtung, die Klassenfahrt müsste dieses Jahr ausfallen. Doch dann kam von ganz unerwarteter Seite plötzlich Hilfe."

Frau Theobald lächelte wieder und die Mädchen horchten auf. Sollte das bedeuten, die Klassenfahrt konnte doch noch stattfinden? Das wäre ja zu schön, um wahr zu sein! Und welche unerwartete Seite konnte die Direktorin wohl meinen? Hatten sich vielleicht doch ihre Eltern bereit erklärt, die Klassenfahrt zu bezahlen?

Frau Theobald kümmerte sich nicht um die aufkommende Unruhe. Sie winkte mit ihrem strahlendsten Lächeln hinüber zur Essensausgabe, an der niemand anders stand als der Professor.

„Unser verehrter Professor Kästner kam gestern zu mir. Und dank seiner Hilfe kann unsere Klassenfahrt doch noch stattfinden", sagte sie. „Es wird zwar etwas anders ablaufen als die Jahre zuvor, aber die Reise findet statt. Ihr werdet dieses Mal nicht wie sonst in unserer Austauschschule untergebracht sein, sondern in einer Pension direkt in Paris."

Hanni und Nanni sahen sich ungläubig an. Wie war das möglich? Gestern hatte der Professor ihnen eine Abhandlung über einen persischen Dichter gezeigt und heute sollte er die Klassenfahrt gerettet haben? Und auch noch mit einer Unterkunft in Paris ...

Es dauerte kurz, bis die Mädchen die Information verarbeitet hatten. Doch dann ging ein Jubel durch den Saal, wie ihn Schloss Lindenhof nur selten gehört hatte. Alle waren außer Rand und Band. Daniela und Lilly tanzten völlig aus dem Häuschen rund um den Tisch, die Zwillinge lagen sich lachend in den Armen. Die anderen waren aufgesprungen und plapperten wild durcheinander. Frau Mägerlein konnte noch so oft „Ruhe!" brüllen und Küchendienste androhen. Keiner kümmerte sich um sie.

Frau Theobald und Mademoiselle Bertoux sahen den Mädchen eine Weile lächelnd zu. Aber schließlich klatschte die Direktorin in die Hände und mahnte zur Ruhe. Alle setzten sich wieder und langsam wurde es still.

„Ihr werdet also eine Woche lang in der Pension ‚Fleur de Montmartre' wohnen. Wie jedes Jahr reisen alle Mädchen nach Paris, die als zweite Sprache Französisch gewählt haben. Einzelheiten erfahrt ihr von eurer Lehrerin. Und jetzt wünsche ich allen einen guten Appetit." Alle klatschten. Alle, bis auf Lilly. Sie war kreidebleich geworden, blieb mit offenem Mund sitzen und sagte nichts mehr. Doch im allgemeinen Jubel bemerkte niemand, dass sie plötzlich so still geworden war.

Nach der Schule eilten Hanni und Nanni sofort zum Professor in die Küche. Zur Feier des Tages bereitete er eine typisch französische Quiche Lorraine zu. Als die Zwillinge auftauchten, grinste er in sich hinein.

„Oh, da hat es aber jemand eilig, zum Küchendienst zu erscheinen", sagte er verschmitzt.

Die beiden überhörten seine Bemerkung.

„Wie haben Sie das nur gemacht?", rief Hanni aufgeregt. „Das ist ganz und gar ..." Ihr fehlten die Worte.

„... unglaublich", vollendete Nanni.

„Genau. Das wollte ich sagen." Hanni nickte eifrig. „Uncroyable."

Jetzt lachte auch der Professor. „Ja, da staunt ihr, nicht wahr? Wenn ihr gestern nicht so schnell verschwunden wärt, hätte ich euch noch sagen können, was ich vorhatte. Aber so ..." Er ließ das Nudelholz sinken, mit dem er den Mürbeteig ausrollte.

„Ach, kommen Sie schon", bettelte Hanni. „Erzählen Sie uns, wie Sie das gemacht haben."

„Also gut." Professor Kästner ließ sich nicht lange bitten. „Ich habe euch doch erzählt, dass ich an diesem Institut an meinem Buch gearbeitet habe. Nun ja, das ist schon eine ganze Weile her, aber auch damals war die wissenschaftliche Arbeit in Orientalistik nicht gerade gut bezahlt und Paris war auch früher schon ein teures Pflaster.

Ich hatte lange zu tun. Das Material war umfangreicher, als ich gedacht hatte. Ich wohnte seit einiger Zeit in einer kleinen Pension am Montmartre. Doch eines Tages hatte ich kein Geld mehr. Ich ging also zum Inhaber der Pension und sagte ihm, ich müsse ausziehen und meine Studien abbrechen. Langer Rede kurzer Sinn: Der Mann hatte sich zuvor schon sehr für meine Arbeit interessiert und wir hatten abends oft lange Gespräche über Kunst und persische Dichtung. Und so bot er mir an, einfach dort wohnen zu bleiben. Mein Zimmer sei ohnehin das kleinste und einfachste. Er würde es kaum vermieten, sagte er. Und außerdem habe man in seiner Familie armen Künstlern schon immer geholfen. So hatte es sein Vater gehalten und so würde auch er es halten. Also ermöglichten er und seine Frau mir, meine Studien zu Ende zu führen. Und das, obwohl sie selbst nicht viel Geld hatten und zudem eine kleine Tochter.

Zum Dank habe ich ihnen das Buch gewidmet. Es ist die Widmung, die ich euch gestern gezeigt habe. Und ich habe ihnen versprochen, dass sie die Hälfte der Einnahmen für das Buch bekommen würden." Professor Kästner seufzte. „Es hat leider nie besonders viel Geld eingebracht. Nicht annähernd genug, um meine Schulden dort abzubezahlen. Aber wir sind immer in Freundschaft verbunden geblieben. Und als ich von euch gehört habe, dass ihr nicht nach Frankreich fahren könnt, da habe ich sofort an die Familie Fouchaud gedacht, die der Kunst und Kultur so verbunden war. Und siehe da: Ihre Tochter Suzanne leitet jetzt die Pension. Und sie ist genauso gastfreundlich wie damals ihre Eltern. Um diese Zeit, hat sie gesagt, kann sie sowieso kaum Zimmer vermieten. Und sie hat sich bereit erklärt, euch alle für einen sehr günstigen Preis bei sich aufzunehmen." Der Professor holte tief Luft und wandte sich wieder seinem Mürbeteig für die Quiche zu. „So. Das ist meine Geschichte. Jetzt wisst ihr alles."

„Professor", sagte Nanni feierlich, „Sie sind der Beste. Und wir geloben hoch und heilig, dass wir Sie in Zukunft immer ausreden lassen."

„Ja", ergänzte Hanni ernst. „Wissen Sie, die Situation war sehr ernst. Da muss es bei uns eben sehr schnell gehen ... Entschuldigen Sie bitte."

Professor Kästner lachte schallend. „Entschuldigung angenommen", rief er laut. „Aber vergesst nicht: Ihr habt nachher Küchendienst."

Am Abend trafen sich alle im Zimmer der Zwillinge, um die neue Situation zu besprechen. Hanni war gerade im Bad, als Daniela hereinschneite.

„Na, wie cool ist *das* denn?", rief sie anstatt einer Begrüßung sofort. Sie hatte ihre langen blonden Haare mit rosafarbenen Haarklammern hochgesteckt und trug ihren teuren Seidenmorgenmantel, natürlich ebenfalls in Rosa.

„Mein Gott, hast du mich erschreckt", sagte Nanni. Sie legte das Buch weg, in dem sie eben gelesen hatte. „Bist du in einen Farbtopf gefallen?"

„Spotte nur, Nanni Sullivan. Aber das ist der neueste Pariser Chic, meine Liebe. Den Jungs werden die Augen ausfallen." Mit einem gekonnten Hüftschwung drehte sich Daniela einmal um die eigene Achse.

„Ich hoffe nicht, dass du vorhast, in Paris im Bademantel auf die Straße zu gehen", erwiderte Nanni trocken.

„Das ist ein Morgenmantel, liebe Nanni", sagte Daniela.

Hanni kam genau in dem Moment aus dem Badezimmer, als Erika zur Zimmertür hereinspazierte.

„Ach so?", riefen beide. „Sieht aus wie ein Bademantel."

„Ihr habt eben keine Ahnung von Mode", erwiderte Daniela von oben herab. „Seht euch nur an."

Die Zwillinge und Erika sahen an sich hinunter. Hanni und Nanni trugen ihre alten Schlafanzüge in Blau und Grün, nur die Oberteile hatten sie irgendwann vertauscht und Hanni hatte das blaue Shirt an, das zu Nannis Hose passte. Erika war in ihrem alten, abgewetzten Frotteebademantel über den Flur gekommen.

„So schlecht sehen wir doch eigentlich gar nicht aus", meinte Hanni und alle lachten. Dann setzten sie sich auf den Boden um einen Stadtplan von Paris, den Daniela mitgebracht hatte.

„Und hier ist Montmartre", sagte sie und zeigte auf einen Stadtteil mitten in Paris. „Hier liegt unser Hotel."

Alle starrten begeistert auf den Plan und malten sich aus, wie sie an den Ateliers der Maler vorbeispazieren und später die Läden und Cafés auf der Champs-Élysées abklappern würden. Daniela erzählte großspurig, dass sie von ihrem Vater sicher Karten für die Fashion Week, eine der berühmtesten Modemessen, bekommen würde, und Nanni schwärmte von den vielen Kunstmuseen. Hanni sah sie erstaunt an.

„Von Kunst hast du gestern aber noch gar nicht so viel gehalten", sagte sie erstaunt.

Nanni lächelte nur.

„Hat das vielleicht etwas mit den Mails zu tun, die du ständig verschickst?", fragte Hanni.

Nanni winkte ab. „Quatsch", sagte sie und wurde rot. „Sagt mal, wo bleibt eigentlich Lilly?"

„Lenk nicht ab", erwiderte Hanni streng.

„Ich lenk nicht ab", sagte Nanni. „Ich meine es ernst. Lilly wollte doch auch kommen. Wo bleibt sie nur?"

„Stimmt", sagte Erika mit einem Blick auf ihre Uhr. „Es ist schon ganz schön spät."

„Na, gut", meinte Hanni kurz entschlossen. „Sehen wir nach, was los ist."

Wenige Minuten später machte sich ein kichernder Zug von Mädchen durch die düsteren Gänge von Schloss Lindenhof auf zu Lillys Zimmer. Die spärliche Beleuchtung warf verzerrte Schatten an die Wand. Gut, dass Mademoiselle Bertoux diese Nacht schlief wie ein Engel. Bei ihrer Schreckhaftigkeit hätte sie sicher gedacht, eine Geisterprozession wäre unterwegs, um sie zu holen.

„Lilly?" Leise öffnete Hanni die Tür zum Zimmer ihrer Cousine. Dort brannte nur eine kleine Nachttischlampe am Bett, sonst war nichts und niemand zu sehen.

„Lilly?", riefen auch Nanni, Daniela und Erika. „Wo bist du?"

„Lasst mich in Ruhe", kam eine tränenerstickte Stimme unter der Bettdecke hervor. Vorsichtig hob Nanni die Decke hoch.

„Was ist denn bloß los?“, fragte sie erschrocken.

„Ach, geht weg. Lasst mich einfach in Ruhe“, sagte Lilly und sah sie mit roten, verheulten Augen böse an.

„Wir gehen ganz sicher nicht“, erwiderte Hanni bestimmt und verschränkte die Arme. „Nicht, bevor du uns gesagt hast, was los ist.“

Es dauerte noch eine Weile, bis sie Lilly dazu brachten, unter der Decke hervorzukriechen. Aber schließlich saß sie auf der Bettkante, blickte traurig auf ihre Füße, die knapp über dem Boden baumelten, und sagte leise: „Ich habe Latein.“

Daniela sah sie erstaunt an. „Nun ja, das ist ja kein Grund, so traurig zu sein“, meinte sie nach einer Weile. Sie war ehrlich bemüht, etwas Nettes zu sagen. Aber Lilly sah sie böse an.

„Na, danke“, erwiderte sie bissig.

Nanni und Erika dämmerte etwas.

„Sag bloß …“, begann Erika, aber Lilly brach plötzlich in Tränen aus.

„Ich darf gar nicht mit nach Paris“, schluchzte sie. „Nur die Französischklasse fährt. Ich bin so ein Esel.“

Alle sahen sie betroffen an. Daran hatte in der Tat noch keine von ihnen gedacht.

Abfahrt mit Hindernissen

So leid ihnen Lilly tat, die Regeln waren eindeutig. Nur die Französischschüler durften nach Frankreich, die Lateiner fuhren dafür im nächsten Jahr nach Rom. So war es immer gewesen. Aber ausgerechnet Lilly ... Sie war doch fast so modebegeistert wie Daniela und interessierte sich außerdem brennend für Musik und Tanz. Da war Paris genau die richtige Stadt für sie. Warum sollte sie sich in Rom alte Steine und Ausgrabungen anschauen?

Hanni und Nanni zerbrachen sich den Kopf, wie ihre Cousine vielleicht doch mit nach Paris fahren konnte. Doch es war vergeblich.

„Es ist ja nur eine Woche“, versuchten die Zwillinge sie zu trösten. „Wir machen Fotos und bringen Souvenirs mit ... Du kannst später noch oft nach Paris fahren.“

„Später ...“ Lilly winkte verächtlich ab. „Ihr werdet schon sehen ...“ Mehr sagte sie nicht, aber den Zwillingen schwante Böses. Wenn Lilly sich etwas in den Kopf gesetzt hatte, dann ließ sie sich nicht so leicht davon abbringen. Und meistens hatte sie ziemliche Flausen im Kopf.

„Mach bloß keinen Unsinn“, warnte Nanni sie.

„Lass das nur meine Sorge sein", sagte Lilly. Und nach ein paar Tagen hatte sie zu ihrer gewohnten Fröhlichkeit und Lebhaftigkeit zurückgefunden.

Die Tage bis zur Abreise schleppten sich dahin. Zuvor waren noch einige Klassenarbeiten zu schreiben und Frau Mägerlein quälte sie mit Berechnungen zu Höhe und Breite und zum Volumen des Eiffelturms.

„Wenn das so weitergeht, habe ich gar keine Lust mehr, nach Paris zu fahren", meckerte Hanni. Nanni stöhnte bloß.

Kurz vor der Abfahrt wünschte sich Hanni allerdings, sie hätte so etwas besser nicht gesagt. Frau Mägerlein kam an diesem Morgen sehr bleich zum Unterricht. Sie setzte sich hinters Lehrerpult und ließ Blätter mit Rechenaufgaben verteilen. Doch noch während der Stunde sammelte sie die Aufgaben wieder ein.

„Beschäftigt euch still mit euren Hausaufgaben. Ich will bis zur Pause keinen Mucks hören, ist das klar?", sagte sie leise.

Die Mädchen nickten und sie verließ das Klassenzimmer. Alle sahen ihr verwundert hinterher. Das sah Frau Mägerlein gar nicht ähnlich. Sie war doch sonst so diszipliniert und achtete streng auf Pünktlichkeit.

„Sie war ganz bleich", sagte Hanni.

„Ich fand, sie sah eher gelb aus", warf Daniela ein. Bei Farben nahm sie es immer sehr genau.

„Jedenfalls sah sie nicht gesund aus." Nanni schwante Böses.

„Sie wird doch hoffentlich nicht krank? Das wäre eine Katastrophe. Nach allem, was wir wegen der Frankreichreise schon durchgemacht haben ..."

„Oje", meinte Erika. „Sie würde uns nie allein mit Mademoiselle Bertoux fahren lassen. Eher würde sie die Klassenfahrt abblasen."

Daniela sah sie entsetzt an. „Auf keinen Fall", rief sie. „Dann fahre ich eben allein. Denkt doch nur. Die Fashion Week ..."

Hanni und Nanni verdrehten genervt die Augen.

„Das ist eine ganz tolle Idee, Daniela", sagte Hanni. „Hatten wir das nicht schon einmal in England?" Allen war die Klassenfahrt noch gut in Erinnerung, bei der Daniela in London auf einmal verschwunden war. Nur mit Glück hatten die Zwillinge sie wiedergefunden.

„Ja, ja. Schon gut", sagte Daniela kleinlaut. Sie wurde nicht gerne an ihr Londoner Abenteuer erinnert. „Aber kein Paris? Ich will gar nicht daran denken."

Ihre Konferenz wurde von Mademoiselle Bertoux unterbrochen, die zur Tür hereinkam.

„Was ist denn 'ier los?", fragte sie erstaunt. „Wo ist Frau Mägerlein? 'abt ihr nicht Mathematik?"

„Mademoiselle! Mademoiselle!", riefen alle Mädchen durcheinander. „Wir werden doch nach Paris fahren, nicht wahr?"

„Aber sischer doch", sagte Mademoiselle Bertoux völlig überrascht. „Wieso denn nicht? Übermorgen geht es los. Was 'abt ihr nur immer?"

„Aber Frau Mägerlein …", begann Hanni.

„Was ist mit Frau Mägerlein?", fragte Mademoiselle Bertoux beunruhigt.

„Sie sah gar nicht gut aus … Und sie hat die Stunde frühzeitig beendet", riefen alle wieder durcheinander.

„Also, also." Mademoiselle Bertoux hob beschwichtigend die Hände. „Das wird sich sischer aufklären lassen. Ihr bleibt 'ier und macht eure Aufgaben. Isch werde misch erkundigen." Damit ließ sie die aufgeregten Mädchen stehen und ging hinaus.

Im Lehrerzimmer war Frau Mägerlein nicht anzutreffen, also eilte Mademoiselle Bertoux durch die Gänge ins Büro von Direktorin Theobald. Sie klopfte an und trat ein, ohne auf eine Antwort zu warten.

Erstaunt sah Frau Theobald von ihrem Schreibtisch auf. „Herein", sagte sie, als wäre die Tür noch geschlossen, und betrachtete Mademoiselle Bertoux amüsiert.

„Ach, entschuldigen Sie, Frau Theobald", sagte die Französischlehrerin aufgeregt. „Aber es ist etwas Merkwürdiges passiert …" Sie unterbrach sich. Erst jetzt bemerkte sie, dass am kleinen Couchtisch in einer Ecke des Büros Professor Kästner mit einer Tasse Tee saß. Er nickte ihr freundlich lächelnd zu.

„Ach du liebe Güte", rief Mademoiselle Bertoux. „Ich wollte nicht stören … Sie 'aben eine Besprechung … eine Conference … Entschuldigen Sie …"

„Immer mit der Ruhe, liebe Mademoiselle Bertoux“, sagte der Professor. „Ich bin nur auf eine Tasse Tee gekommen. Und Sie stören überhaupt nicht. Habe ich nicht recht?“, wandte er sich an Frau Theobald.

„Aber sicher. Was gibt es denn, Mademoiselle?“ Frau Theobald legte ihren Stift aus der Hand und schenkte der Französischlehrerin eine Tasse Tee ein.

„Ach, es ist etwas mit Frau Mägerlein. Isch kann sie nicht finden ... Und die Mädschen sagen, sie sei krank ... Stellen Sie sich nur vor ... Unsere Reise ... Paris.“ Nervös fuchtelte sie mit den Händen. Sie hatte sich kaum gesetzt und einen Schluck getrunken, da klingelte das Telefon.

„Einen Moment“, sagte Frau Theobald und nahm ab. „Ja?“, sagte sie und: „Mhm ... Ja ... Ich verstehe ... Ja, wir kommen gleich zu Ihnen.“ Sie legte auf.

„Das war Frau Mägerlein“, sagte sie nachdenklich.

„Oje, oje“, jammerte Mademoiselle Bertoux. Professor Kästner runzelte die Stirn. Das klang in der Tat nicht gut. Alle drei ließen ihren Tee stehen und eilten durch die Gänge zu Frau Mägerleins Zimmer.

Als sie eintraten, bot sich ihnen ein Bild des Jammers. Frau Mägerlein lag in ihrem hochgeschlossenen Baumwollnachthemd im Bett. Auf ihrem Nachttisch lagen Taschentücher, Thermometer und die verschiedensten Fläschchen, Tiegel und Salben. Die Lehrerin hatte die Augen halb geschlossen und lag wie leblos da. Erst als sie den Professor erkannte, der hinter

Mademoiselle Bertoux ins Zimmer trat, kam etwas Bewegung in sie. Eilig versuchte sie, die Bettdecke etwas höher über ihr Nachthemd zu ziehen.

„Sie auch, Herr Professor ...", flüsterte sie. „Wenn ich das geahnt hätte."

„Na, na, Frau Mägerlein", sagte Professor Kästner mitleidig. „Strengen Sie sich nicht unnötig an. Es scheint sie ja ganz schön erwischt zu haben."

„Oje, oje, Mägerleinschen", rief Mademoiselle Bertoux entsetzt. „Sie sind krank. Rischtisch krank. Oje ..."

Frau Theobald nahm Frau Mägerleins Hand und fühlte ihre Stirn. „Allerdings", sagte sie. „Da brauche ich gar kein Fieberthermometer. Sie haben sich einen Infekt eingefangen."

„Ich hätte gestern bei dieser Kälte wohl nicht noch in der Dämmerung spazieren gehen sollen", hauchte Frau Mägerlein. „Aber ich habe normalerweise eine sehr robuste Konstitution ..."

„So dünn, wie Sie sind ...", wagte die Französin zu zweifeln. Sie erntete einen strengen Blick von Frau Mägerlein.

„Wie auch immer", sagte sie. „Deshalb habe ich Sie gerufen. Ich fürchte, bis übermorgen werde ich kaum wieder gesund sein." Sie wurde von einem heftigen Niesanfall unterbrochen. Nachdem sie sich umständlich geschnäuzt hatte, fuhr sie geschwächt fort: „Darum müssen wir wohl die Reise nach Paris absagen. So leid es mir tut."

Mademoiselle Bertoux blieb der Mund offen stehen. „Wa- wa ... Was?", stotterte sie.

„Nun ja, Sie wollen ja wohl kaum allein mit diesen Mädchen nach Paris fahren, Mademoiselle", erwiderte Frau Mägerlein schnippisch. „Nach *Paris,* wohlgemerkt. Mit *diesen* Mädchen."

„Aber, aber, aber ..." Mademoiselle Bertoux wusste überhaupt nicht, wie ihr geschah.

„Sie müssen nicht alles drei Mal sagen." Frau Mägerlein sprühte sich Spray in die Nase und nahm ein Hustenbonbon.

Jetzt reichte es Mademoiselle Bertoux. „Wollen Sie damit vielleicht sagen, dass ich nischt mit diesen Mädschen fertig werde?", rief sie und stemmte die Hände in ihre runden Hüften. „Das werde isch wohl. Warum nischt? Und warum sollten wir nischt fahren, hm? Alle 'aben sisch so darauf gefreut. Die Mädschen sind gar nicht so ungezogen."

„Das kommt nur durch strenge Disziplin und Führung", erwiderte Frau Mägerlein unerbittlich. „Aber ich fürchte, bei Ihnen ... Mir tut es ja auch leid."

„Oh, oh, oh!", rief Mademoiselle Bertoux erbost und schwang ihren Zeigefinger.

„Mademoiselle, beruhigen Sie sich", sagte Frau Theobald. Sie hatte die ganze Zeit nachgedacht und zugehört. Jetzt wandte sie sich an ihren alten Jugendfreund, den Professor. „Konrad, was meinst du denn?"

Konrad Kästner saß in gebührender Entfernung vom Krankenbett in einem Sessel. „Mir kommen die Mädchen gar nicht ungezogen vor", sagte er ruhig.

Frau Theobald lächelte sanft. „Das erscheint mir auch so.

In den letzten Jahren sind sie doch viel vernünftiger geworden. Meinen Sie nicht auch, Frau Mägerlein?“

Frau Mägerlein zuckte widerwillig mit den Schultern.

„Und ich gebe Ihnen recht“, fuhr die Direktorin fort. „Das kommt von der Disziplin und Führung, die Sie ihnen gegeben haben. Aber gerade dadurch sind sie jetzt doch in der Lage, auch nur mit einer Lehrerin auf Klassenfahrt zu gehen. Hätten Sie die Mädchen nicht so gut erzogen, wäre das ein Ding der Unmöglichkeit. Aber so sehe ich da eigentlich keine Probleme. Das heißt, natürlich nur, wenn Mademoiselle Bertoux bereit ist, die größere Belastung auf sich zu nehmen, die auf sie zukommt.“

Mademoiselle Bertoux traute ihren Ohren nicht. Sie musste aufpassen, dass sie nicht vor Freude platzte. „Aber, Madame Theobald“, rief sie aufgeregt. „Pas du tout. Über’aupt nischt. Isch bin sischer, dass mir die Mädschen ’elfen werden.“

Sie mussten noch einige Einwände von Frau Mägerlein über sich ergehen lassen. Aber schließlich gab sie nach. Sie war einfach zu geschwächt, um noch weitere Argumente zu finden, die gegen die Reise nach Paris sprachen.

Alle standen auf und wünschten ihr gute Besserung. Sie hatten kaum die Tür hinter sich zugezogen, als Frau Mägerlein in einen unruhigen Schlaf fiel.

Beim Abendessen verkündete die Direktorin die Neuigkeit, dass die Französischschülerinnen trotz Frau Mägerleins Krankheit nach Paris fahren würden, mit Mademoiselle Bertoux als einziger Begleitung. Die Mädchen, die still gelauscht hatten, brachen in Jubel aus.

„Allein mit Mademoiselle Bertoux!“, rief Daniela begeistert. „Das ist ja noch besser als alles, was ich mir erträumt habe. Ohne Frau Mägerlein können wir machen, was wir wollen.“

In diesem Augenblick bat Mademoiselle Bertoux um Ruhe. „Liebe Mädschen“, sagte sie ernst. „Isch freue misch genauso auf die Reise wie ihr. Aber ohne Frau Mägerlein bin isch natürlich auf eure ’ilfe angewiesen. Vielleischt müsst ihr ein klein wenig erwachsener sein, als ihr eigentlich seid, aber isch vertraue euch. Und ihr könnt mir vertrauen. Wenn es irgendwelsche Schwierigkeiten geben sollte, dann kommt bitte zu mir. Versprecht ihr mir das?“

Es wurde still im Speisesaal. Keiner machte einen Mucks. So ernst hatten die Mädchen ihre Französischlehrerin selten erlebt. Aber sie spürten, wie wichtig ihr die Sache war. Sie zählte auf die ganze Klasse und es war eine Chance zu beweisen, dass sie keine kleinen Kinder mehr waren.

„Na klar, Mademoiselle Bertoux“, rief Hanni auf einmal laut. „Wir versprechen es.“

Damit war der Bann gebrochen. Ein Aufatmen ging durch den Raum. Alle nickten zustimmend und plapperten wild durcheinander. Frau Theobald und Mademoiselle Bertoux warfen sich einen Blick zu und schmunzelten.

„Ausgerechnet 'anni", flüsterte die Französischlehrerin ihrer Direktorin zu.

Spät am Abend saß Frau Theobald zusammen mit Professor Kästner bei einer Tasse Tee am Couchtisch in ihrem Büro.

„Glaubst du, dass ich das Richtige getan habe?", fragte sie und sah ihn besorgt an.

Professor Kästner lächelte. „Absolut", sagte er. „Die Mädchen werden dich nicht enttäuschen."

Das Geheimnis der schwarzen Dame

Endlich war es so weit: Der Tag der Abreise war da. Frühmorgens fuhr Professor Kästner den Schulbus vor und brachte die Französischklasse mit Mademoiselle Bertoux zum Bahnhof. Dort umkreiste sie die Mädchen wie ein Schäferhund seine Schafherde und versuchte verzweifelt, alle beieinanderzuhalten. Obwohl der Zug noch gar nicht eingefahren war, gab sie dem Schaffner und einigen Gepäckträgern gleichzeitig Anweisungen, in welchen Waggon ihre Koffer und Taschen zu bringen seien und welche Mädchen in welches Abteil gehörten. Kurz, es war ein einziges Tohuwabohu und Professor Kästner war froh, dass Frau Theobald nicht dabei war, um die Klasse zu verabschieden. Sie würde sich nur unnötig Sorgen machen.

Die Mädchen schienen Mademoiselle Bertoux' Aufregung kaum zu bemerken. Sie standen am Bahnsteig und redeten vergnügt miteinander. Zwischen allen leuchtete natürlich Daniela in einer Kombination aus verschiedenen Rosa- und Lilatönen hervor, von ihren Strümpfen hinauf bis zu einer lila farbenen Mütze mit rosa Bommel. Hanni und Nanni trugen ihre Baskenmützen, die sie sich von zu Hause hatten schicken lassen. Beide fanden, sie sähen très chic aus, sehr schick.

Am hübschesten war allerdings Erika. Die Zwillinge staunten nicht schlecht: Sie trug einen dunkelgrün und blau karierten Faltenrock mit gelben Streifen und darüber einen beigefarbenen Mantel. Ihre dunkelbraunen Haare hatte sie zu einem Zopf nach hinten gebunden.

„Du siehst total hübsch aus … so französisch“, sagte Nanni begeistert.

Erika lächelte und wurde rot.

„Danke“, sagte sie leise.

„Tss“, machte Daniela schnippisch. Gedeckte Farben hatte sie noch nie gemocht. Sie sah sich auf dem Bahnhof um und hielt nach dem Zug Ausschau, als sie auf einmal eine zierliche Dame entdeckte, die etwas abseits auf dem Bahnsteig stand.

„Ob die wohl auch nach Paris fährt?“, fragte sie und stupste Hanni an.

„Wer?“ Hanni sah sich suchend um. Sie brauchte nicht lange, um die Dame zu entdecken. Sie war sehr merkwürdig gekleidet, ganz in Schwarz mit einem großen Hut und einer noch größeren Sonnenbrille. Es war offensichtlich, dass sie nicht erkannt werden wollte.

„Hm“, sagte Hanni. „Sehr geheimnisvoll. Sieht fast so aus, als würde sie auf den gleichen Zug warten wie wir.“

„Vielleicht ist es ein Model oder eine Schauspielerin“, meinte Daniela. Auf einmal fand sie gedeckte Farben doch ganz interessant. Schwarz kann man ja immer tragen, dachte sie. Vor allem, wenn man nicht auffallen will …

Auch die anderen wurden auf die schwarz gekleidete Dame aufmerksam und fingen an zu tuscheln. Die Dame trat ein paar Schritte zur Seite und zog ihren Hut tiefer ins Gesicht. Es war ihr offensichtlich unangenehm, so viel Aufsehen zu erregen.

Mademoiselle Bertoux kam von ihrer Unterredung mit dem Schaffner zurück. „Kinder, lasst die Madame in Ruhe. Bitte, bleibt zusammen“, rief sie und klatschte in die Hände.

„Bestimmt eine Schauspielerin“, beharrte Daniela.

Doch dann fuhr der Zug ein, die Gepäckträger luden die Koffer in die Abteile, der Schaffner wies die Plätze zu und alle verabschiedeten sich eilig vom Professor. In dem Trubel war die schwarz gekleidete Dame schnell vergessen, und als Daniela sich irgendwann wieder nach ihr umsah, war sie verschwunden.

Hanni, Nanni, Erika und Daniela landeten zusammen mit Mademoiselle Bertoux in einem Abteil.

Nachdem sie ihr Gepäck verstaut hatten und der Zug losgefahren war, sagte Nanni: „Komisch, Lilly hat sich gar nicht von uns verabschiedet.“

„So komisch finde ich das nicht“, erwiderte Erika. „Sie war doch sehr traurig, weil sie nicht mitfahren konnte.“

„Arme Lilly.“ Mademoiselle Bertoux hob bedauernd die Hände. „Isch ’ätte sie gern mitgenommen. Sie liebt doch den Tanz und das Schauspiel genauso wie isch. Aber was soll man machen …“

„Ach, wir bringen ihr einfach irgendwas mit“, sagte Daniela leichthin und winkte ab. „Ein paar Modemagazine vielleicht ...“

„Oh, isch weiß ein paar Cafés in Paris, die machen die besten Eclairs ... und Macarons ... und natürlich Croissants. Oh là là.“ Mademoiselle schnalzte mit der Zunge. „Das bringen wir ihr mit.“

Hanni und Nanni grinsten sich an. So langsam begannen sie zu ahnen, woher die rundlichen Formen ihrer Französischlehrerin stammten. Sie hätten gern noch mehr über die berühmten Pariser Cafés gehört, aber der Schaffner kam herein und unterbrach Mademoiselle Bertoux in ihrer Schwärmerei.

„So, das wäre geschafft“, sagte er, nahm die Mütze ab und wischte sich mit einem großen Tuch den Schweiß von der Stirn. „Alle Mädchen sind verstaut, die Koffer auch und wir sind auf dem Weg nach Paris. Ich habe schon fast nicht mehr daran geglaubt. Jetzt brauche ich nur noch das Sammelticket, Madame.“

„Mademoiselle“, sagte Mademoiselle Bertoux würdevoll. „So viel Zeit muss sein.“

„Wie bitte?“, fragte der Schaffner irritiert. Die Mädchen begannen zu kichern. „Bitte“, sagte der Schaffner erschöpft. „Kichert nicht. In jedem Abteil wird nur noch gekichert, wenn ich hereinkomme.“

Die Mädchen kicherten nur noch mehr. Mademoiselle Bertoux zog das Sammelticket aus ihrer Handtasche und überreichte es dem Schaffner.

„Voilà“, sagte sie. „'ier im Abteil sind 'anni und Nanni, Daniela und Erika.“

„Na ja“, erwiderte der Schaffner. „Namen stehen nicht drauf, nur die Anzahl. Ich gehe noch einmal durch die Abteile und zähle durch. Ich bringe Ihnen das Ticket gleich wieder.“

Er setzte seine Mütze auf und hob die Hand an den Schild, als würde er vor Mademoiselle Bertoux salutieren. Die Mädchen kicherten und der Schaffner verschwand schleunigst.

Draußen nahm er die Mütze wieder ab und wischte sich noch einmal die Stirn. Diese Mädchen ... Er machte sich auf den Weg durch die Abteile. In diesem Waggon waren alle bis auf eins besetzt mit Schülerinnen von Schloss Lindenhof. Nachdem er alle Mädchen abgezählt hatte, betrat er das letzte Abteil.

„Fahrscheinkontrolle“, sagte er. „Die Fahrscheine, bitte.“ Im Abteil befanden sich zwei ältere Herren, die aussahen wie Geschäftsreisende, und eine schwarz gekleidete Dame mit dunkler Sonnenbrille und großem Hut. Die Herren reichten dem Schaffner wortlos ihre Tickets und er stempelte sie ab. Die Dame rührte sich nicht.

„Meine Dame?“, fragte der Schaffner höflich. „Ihr Fahrschein, bitte.“

„Ich gehöre zu der Reisegruppe“, flüsterte die Dame.

„Wie bitte?“ Der Zug ratterte laut und der Schaffner hatte kein Wort verstanden.

„Ich gehöre zu der Reisegruppe“, sagte die Dame nur geringfügig lauter. „Zählen Sie nach. Ein Platz ist noch frei. Das bin ich."

Der Schaffner sah sie verdutzt an. Er zählte noch einmal nach, und tatsächlich: Ein Platz war noch frei.

„Sie gehören zu der ... Reisegruppe?", fragte er ungläubig.

„Ja", erwiderte die Dame gereizt und ihre Brille verrutschte dabei ein klein wenig. Hastig drückte sie ihren Hut tiefer ins Gesicht. „Ich bin nur noch etwas krank, deshalb habe ich mich abseits gesetzt."

„Ah ... Aha." Den Schaffner wunderte so langsam gar nichts mehr. Er zuckte mit den Schultern. Die Anzahl der Reisenden stimmte, also würde schon alles seine Richtigkeit haben. Woher sollte die Dame schließlich wissen, wie viele Plätze gebucht waren, wenn sie nicht dazugehörte?

„Ich wünsche eine gute Reise", sagte er zackig und verließ das Abteil.

Zurück bei Mademoiselle Bertoux übergab er ihr das Ticket. „Alles vollzählig", sagte er.

„Voilà." Mademoiselle Bertoux war sehr zufrieden. „Das wäre schon mal geschafft. Wir sind auf der Reise."

„Und sagen Sie Ihrer Kollegin noch gute Besserung von mir."

Mademoiselle Bertoux sah ihn verdutzt an. Woher wusste der Schaffner, dass Frau Mägerlein krank war? Auch Hanni und Nanni wunderten sich. Sie sahen sich an und begannen zu kichern. Hatte Frau Mägerlein vielleicht einen Freund bei der Bahn?

„Danke. Aber ...?“, wollte Mademoiselle Bertoux gerade fragen, als sich der Schaffner schleunigst empfahl. Er hatte für heute genug von kichernden Mädchen.

„Au revoir. Auf Wiedersehen“, rief er und verschwand eilig. In der Tür stieß er beinahe mit Daniela zusammen, die von der Toilette zurückkam.

„Stellt euch vor, wen ich gesehen habe“, rief sie aufgeregt, ohne auf den Schaffner zu achten. „Die Schauspielerin. Sie sitzt direkt im Abteil nebenan.“

„Wirklich?“ Hanni und Erika trauten ihren Ohren nicht.

„Ach, kommt“, sagte Nanni. „Wir wissen doch noch nicht mal, ob es überhaupt eine Schauspielerin ist.“

„Na, hör mal. Dann ist sie eben Model. Auf jeden Fall hat sie was zu verbergen. Sie trägt immer noch die Sonnenbrille und den Hut. Es ist doch offensichtlich: Sie möchte nicht erkannt werden. Aber wir bekommen schon heraus, wer dahintersteckt. Auf geht's.“ Daniela winkte den anderen. Sie wollten schon aufspringen, als Mademoiselle Bertoux sie bremste.

„Moooment“, rief sie. „Un moment, meine Lieben. Ihr werdet eusch schön wieder setzen.“

„Ach, Mademoiselle“, bettelten Hanni, Nanni, Erika und Daniela. Aber die Französischlehrerin kannte kein Pardon.

„Non, non, non“, sagte sie und schüttelte ihren Zeigefinger. „Egal, wer diese Dame ist. Sie 'at ein Recht auf ihre Privatsphäre. Und wir wollen doch nicht, dass Schülerinnen des Internats Schloss Lindenhof schon auf der Reise nach Paris einen schlechten Eindruck machen, n'est-ce pas? Nischt wahr?"

Da half alles Bitten nichts, Mademoiselle Bertoux blieb standhaft. Und so blieben alle im Abteil sitzen und das Rätsel der unbekannten Dame blieb vorerst ungelöst.

Fünf Stunden später hielt der Zug quietschend in Paris.

„Paris, Gare de l'Est. Endstation", rief der Schaffner und eilte durch den Gang. „Ostbahnhof. Endstation."

Kurz darauf standen alle glücklich auf dem Bahnsteig, umringt von Koffern und Taschen. Eine ziemlich erhitzte Mademoiselle Bertoux umkreiste wieder ihre Schützlinge, damit auch ja niemand verloren ging, und versuchte gleichzeitig, die Gepäckstücke abzuzählen.

„Phüü", machte sie und fächelte sich mit der Hand Luft zu. „Ist das warm 'ier in Paris."

„Ich glaube, das ist eher die Aufregung, Mademoiselle", sagte Erika, die neben ihr stand.

„Durchaus möglisch, mein Vögelschen", erwiderte die Französischlehrerin. „Durchaus möglisch."

„Ich versichere Ihnen, es ist alles da. Das gesamte Gepäck wurde ausgeladen", sagte der Schaffner zum dritten Mal. „Ich habe noch einmal in allen Abteilen nachgesehen."

„Nun, dann ..." Mademoiselle Bertoux schien endlich zufrieden zu sein. „On y va. Dann kann es ja losgehen. Aber wie kommen wir jetzt nach Montmartre?"

Der Schaffner nahm seine Mütze ab und wischte sich den Schweiß von der Stirn. Diese Frau würde ihn noch den letzten Nerv kosten. Aber bald war er sie ja los. „Vielleicht, Mademoiselle“, sagte er erschöpft, „kann Ihnen ja Ihre Kollegin wenigstens ein bisschen zur Hand gehen, auch wenn sie krank ist.“

Mademoiselle Bertoux stutzte. „Welche Kollegin?“, fragte sie argwöhnisch.

„Na, die da zum Beispiel.“ Der Schaffner deutete mit seiner Mütze auf die kleine, schwarz gekleidete Dame, die in diesem Moment aus dem Zug stieg und langsam auf die Reisegruppe zukam. Alle starrten sie mit offenem Mund an. Das konnte unmöglich Frau Mägerlein sein. Die war viel größer ... und dünner ... und vor allem lag sie zu Hause im Bett und kurierte ihre böse Grippe aus.

„Die Schauspielerin“, flüsterte Daniela tonlos.

Die sogenannte Schauspielerin machte auf einmal eine gekonnte Drehung um die eigene Achse, riss sich Hut und Sonnenbrille vom Kopf und blieb direkt vor Mademoiselle Bertoux stehen.

„Voilà, hier bin ich!“, rief sie und strahlte.

Mademoiselle Bertoux erstarrte. Es fehlte nicht viel und sie wäre umgefallen wie ein Brett. Hanni und Nanni konnten sie gerade noch stützen. Auch in den Gesichtern der Mädchen malte sich maßlose Überraschung.

„Das ... ist ... eine ... Katastrophe“, stotterte Mademoiselle.

„Lilly“, hauchte Nanni entsetzt. „Was machst du denn hier?“

Das Hotel am Montmartre

Mademoiselle Bertoux hatte sich seufzend auf einem Koffer niedergelassen und fächelte sich Luft zu. Sie war einer Ohnmacht nahe.

„Kindschen, Kindschen", wiederholte sie immer wieder und schüttelte den Kopf. „Was soll ich nur mit dir machen?"

Lilly strahlte sie an. „Na, jetzt, wo ich schon mal hier bin, könnten Sie mich mitnehmen", schlug sie vor.

„Sag mal, was hast du dir eigentlich gedacht?", fuhr Nanni sie an. Sie war ja einigen Unsinn von ihrer Cousine gewohnt, aber das übertraf alles.

„Nun ja", sagte Lilly einfach, „nachdem Frau Mägerlein so plötzlich krank geworden ist, habe ich mir gedacht, es ist ja ein Platz frei im Zug. Warum sollte man die Fahrkarte verfallen lassen?" Sie verzog unwillig den Mund. „Ach, kommt schon, Leute. Ich wollte doch unbedingt mit nach Paris. Das ist *die* Gelegenheit. Das hätte sich doch keiner entgehen lassen. Und hab ich mich nicht spitze verkleidet? Keine von euch hat mich erkannt."

Niemand sagte etwas. Alle sahen Lilly nur verständnislos an.

Irgendwann seufzte Mademoiselle Bertoux wieder und

erhob sich. „Liebe Mädschen“, sagte sie schweren Herzens. „Angesichts dieses Vorfalls bleibt uns wohl nichts anderes übrig, als auf der Stelle zurückzufahren. Ich kann das nicht verantworten. Ich dachte, ihr seid vernünftiger, und ihr ’abt versprochen, mir zu ’elfen. Das war die Voraussetzung, ohne Frau Mägerlein nach Paris zu fahren. Aber wenn die Reise schon so beginnt ...“ Sie schüttelte den Kopf. „Lilly, ich bin sehr enttäuscht von dir. Das ’ätte isch nie von dir gedacht.“

Die Mädchen sahen sie entsetzt an. Protest erhob sich.

„Aber Mademoiselle“, riefen alle durcheinander. „Bitte ... Überlegen Sie doch ...“

Daniela standen die Tränen in den Augen. Endlich war sie in ihrer Traumstadt, und nun sollten sie sofort wieder umkehren? Niemals.

„Du blöde Kuh“, schrie sie außer sich und wollte auf Lilly losgehen. Hanni, Nanni und Erika konnten sie gerade noch festhalten. Aber auch sie waren wütend auf Lilly.

„Du bist wirklich das Allerletzte“, sagte Hanni böse. „Wie kann man nur so egoistisch sein?“

Lilly war sprachlos. Insgeheim hatte sie sich schon ausgemalt, wie sich alle über ihren Streich freuen und sie zusammen Paris unsicher machen würden. Keinen Augenblick hatte sie daran gedacht, dass die Sache auch anders ausgehen und sie vor allem Mademoiselle Bertoux in große Schwierigkeiten bringen könnte. Als ihr langsam klar wurde, was sie getan hatte, wurde sie ganz bleich und ließ den Kopf hängen.

Der Schaffner hatte sich den ganzen Schlamassel eine Weile angesehen. Er wartete, bis einigermaßen Ruhe eingekehrt war.

„Also …“, sagte er. „Vielleicht sollten Sie erst einmal zu Hause anrufen, bevor sie wieder in den Zug steigen und zurückfahren.“ Er hatte Mitleid mit den Mädchen, die sich so sehr auf Paris gefreut hatten. „Außerdem, fürchte ich, sind auf der Rückfahrt gar nicht genug Plätze frei. Fahren Sie doch erst einmal in Ihr Hotel und klären Sie die Sache in Ruhe.“

Mademoiselle Bertoux musste zugeben, dass der Vorschlag des Schaffners das Vernünftigste war. Er half ihr, Taxis zu organisieren, die sie samt Gepäck zum Hotel „Fleur de Montmartre“ bringen sollten.

„Ach, Monsieur“, sagte sie zum Abschied dankbar und sah ihm tief in die Augen. „Was hätte isch nur ohne Sie getan?“

„Ach“, machte der Schaffner verlegen. „Sie hätten das schon geschafft.“

„Niemals“, meinte Mademoiselle Bertoux überzeugt.

Er half ihr ins Taxi und sah den Wagen nach, bis sie an der nächsten Kreuzung zum Montmartre abbogen.

„Puuh“, machte er erleichtert und wischte sich die Stirn.

Noch nie hatte Suzanne eine Schar so unglücklicher Mädchen in Paris ankommen sehen wie die, die jetzt vor ihrem Hotel aus den Taxis stieg. Suzanne war die Besitzerin des „Fleur de Montmartre“, eine schlanke, lebhafte, junge Frau mit einem blonden Pferdeschwanz, der immer lustig hin und her wippte, wenn sie gestikulierte. Professor Kästner hatte sie vorgewarnt, dass die Mädchen schwerer zu hüten seien als ein Sack Flöhe. Umso überraschter war sie jetzt, als alle still in der Hotellobby auf ihrem Gepäck herumsaßen wie vereinzelt abgelegte Häufchen Elend.

„Ich habe noch nie so viele schlecht gelaunte Mädchen auf einmal gesehen", sagte sie flüsternd zu Mademoiselle Bertoux. „Was ist denn passiert?"

Um die Laune der Französischlehrerin war es nicht viel besser bestellt. „Ach, es ist eine Katastrophe", jammerte sie und erzählte die ganze Geschichte.

„Oh là là", meinte Suzanne und zog die Augenbrauen hoch. „Bestimmt wollen Sie telefonieren, n'est-ce pas? Nicht wahr?"

Mademoiselle Bertoux nickte und Suzanne führte sie an der Rezeption vorbei in ihr Büro. Sie schloss die schmale Tür, damit die Lehrerin ungestört telefonieren konnte, und ging zurück zu den Mädchen.

„Es wird schon nicht so schlimm werden", meinte sie und ließ sich neben Hanni in einen Sessel sinken.

„Ach ja?", rief Hanni aufgebracht. „Wahrscheinlich müssen wir gleich wieder abreisen. Nur wegen Lilly." Sie zeigte auf ihre Cousine, die etwas abseits von den anderen saß und den Kopf hängen ließ. Inzwischen war ihr klar geworden, dass es keine sehr gute Idee gewesen war, sich einfach in den Zug zu schmuggeln. „Dabei ist es so schön hier."

Auf dem Weg ins „Fleur de Montmartre" waren sie durch

viele der Pariser Gassen gekurvt. Alte, schmale Häuschen standen dicht gedrängt aneinander. Wie aus dem Nichts kam man plötzlich auf einen kleinen Platz, um dann wieder im Gewirr der Sträßchen zu verschwinden. Überall herrschte reges Leben, die Plätze und Bistros waren voller Leute und an den Ecken priesen die Kiosk- und Budenbesitzer und die Blumenhändler ihre Waren an.

Und erst das Hotel: Schmal stand es eingequetscht zwischen den anderen alten Häusern, mit kleinen Fenstern, auf deren Simsen hübsche Blumentöpfe standen. Der Frühling stand vor der Tür und die ersten Blüten zeigten sich gerade. Von der Lobby aus führte eine schmale Holztreppe nach oben zu den Zimmern. Alles war genau so, wie sie es sich erträumt hatten …

Normalerweise wären Hanni und Nanni begeistert gewesen. Aber jetzt machte sie all das nur traurig und betrübt. Ach, sie würden ja doch gleich wieder abfahren müssen …

Suzanne drückte Hannis Arm. „Jetzt warte doch erst mal ab. Zumindest heute werdet ihr sicher nicht mehr fahren. Es wird schon alles gut werden." Sie zeigte nach draußen auf die andere Straßenseite. „Seht, da kommt Philippe. Ihm gehört das Bistro gegenüber. Da werden wir heute zu Abend essen."

Hanni lächelte gezwungen. Suzanne hatte gut reden. Sie konnte ja immer hier sein.

Philippe kam in die Lobby, gab Suzanne einen Kuss auf die Wange und drehte sich zu den Mädchen um.

„Bonjour, Mademoiselles“, rief er fröhlich, blitzte sie aus seinen blauen Augen an und strich sich eine Strähne seiner braunen Haare aus der Stirn. „Ich bin Philippe. Ihr werdet in meinem Bistro frühstücken und zu Abend essen. Es ist gleich da drüben.“ Er zeigte aus dem Fenster auf eine große Glasscheibe auf der anderen Seite, auf der „Chez Philippe“ geschrieben stand. „Und ihr werdet sehen, ihr bekommt dort die besten Croissants von ganz Paris und den besten Café au Lait.“

Er lachte in die Runde, als erwarte er begeisterten Beifall. Stattdessen erntete er nur müdes Gemurmel.

„Hey, hallo?“, rief er verdutzt. „Was ist hier los? Suzanne, was ist mit den Mädchen los? Niemand, der nach Paris reist, kann dermaßen schlecht gelaunt sein.“

Suzanne schmunzelte. „Die Mädchen hier schon“, sagte sie und erzählte Philippe, was passiert war.

Suzanne war gegangen, um nach Mademoiselle Bertoux zu sehen, und Philippe hatte sich zwischen den Mädchen niedergelassen, um sie ein bisschen aufzumuntern. Schon nach kurzer Zeit lachten alle und hörten seinen Geschichten zu. Daniela fand Philippe sofort total süß.

„Also, passt auf“, sagte er. „Das wird schon alles wieder in Ordnung kommen. Suzanne sorgt dafür. Sie bekommt alles hin, glaubt mir. Sie führt dieses Hotel ganz allein und vor ihr hatten es ihre Eltern und davor deren Eltern. Es ist nicht einfach hier, aber die Fouchauds haben es immer irgendwie geschafft." Er stand auf und fuhr überzeugt fort: „Bestimmt könnt ihr bleiben. Wir nehmen euer Gepäck und ich zeige euch die Zimmer. Es ist ein altes Hotel, aber wunderschön. Die Touristen gehen in andere, moderne Hotels, deshalb stehen hier oft Zimmer leer. Aber das hier ist Paris."

Hanni und Nanni sahen sich an. Er hatte ja recht. Was half es schon, hier herumzusitzen und Trübsal zu blasen? Sie nahmen ihre Koffer und stiegen hinter Philippe die schmale Treppe nach oben. Die anderen folgten ihnen. Je höher sie kamen, desto weiter wurde der Blick aus den Fenstern und desto mehr konnte man von der Stadt sehen.

„Schau nur, wie schön!", rief Nanni, als sie in den vierten Stock kamen. „Man kann fast über die Dächer des ganzen Viertels sehen." Die Zwillinge blieben am Fenster stehen und drückten sich die Nasen platt. Von hier aus sah man in der Ferne Kirchtürme aufragen wie dünne Streichhölzer. Nicht weit entfernt an der nächsten Kreuzung lugten die verzierten Erker eines Palasts hervor. Dazwischen glänzten die kupferfarbenen und grünen Dachplatten der alten Häuser. Hanni dachte sogar, sie könne ganz weit hinten den Eiffelturm erkennen.

„Wunderschön", flüsterte sie.

Nach und nach hatten sich alle auf die verschiedenen Zimmer verteilt. Nur noch Erika, Daniela, Hanni und Nanni waren übrig geblieben. Und Lilly, die den anderen lustlos hinterhergetrabt war. Keiner wollte sich das Zimmer mit ihr teilen.

„Ihr drei nehmt am besten das Zimmer hier auf der linken Seite", sagte Philippe zu Erika, Daniela und Lilly.

„Auf keinen Fall", protestierte Daniela. „Ich gehe auf keinen Fall mit der da in ein Zimmer. Lilly hat uns doch den ganzen Schlamassel eingebrockt."

Philippe musterte erst Daniela und dann Lilly mit einem kritischen Blick. „Bist du Lilly?", fragte er. Lilly nickte traurig. „Es sieht fast so aus, als würde dir leidtun, was du angerichtet hast. Stimmt das?"

„Ja", brachte Lilly mit tränenerstickter Stimme hervor.

Philippe grinste verschmitzt. „Na, also", rief er einfach. „Es tut ihr leid. Wollt ihr sie ewig bestrafen, nur weil sie gerne mit nach Paris kommen wollte? Jeder möchte doch gerne nach Paris. Stimmt's nicht?"

Die Zwillinge lachten überrascht auf. Ganz so einfach lag die Sache ja wohl nicht.

„Immerhin hat sie uns wahrscheinlich die ganze Klassenfahrt vermasselt", wandte Daniela ein.

„Andererseits können wir sie ja schlecht auf dem Gang übernachten lassen", meinte Erika.

„Von mir aus kann sie übernachten, wo der Pfeffer wächst." Daniela griff sich ihren rosa Koffer. Sie stolzierte ins Zimmer und knallte die Tür hinter sich zu.

„Ups", machte Philippe und verzog beeindruckt den Mund. Dann folgte er Daniela mit Lilly und Erika. „Na, kommt schon." Sie betraten das Zimmer.

„Daniela“, sagte er, „sieh doch, Lilly bereut, was sie getan hat. Und es ist doch noch gar nicht entschieden, ob ihr wieder gehen müsst. Du kannst nicht ewig auf sie wütend sein.“

Daniela starrte schmollend aus dem Fenster. Aber Philippe hatte sie schon fast um den Finger gewickelt.

„Ein so hübsches Mädchen wie du“, schmeichelte er ihr. „Es ist nicht gut für dich, wenn du immer so böse schaust.“

Daniela wurde rot. Hatte er wirklich gesagt, sie sei hübsch?

„Das gibt nur strenge Falten“, fuhr Philippe fort. „Und eigentlich könnt ihr euch doch gut leiden, oder?“

Daniela drehte sich um. „Na, also, meinetwegen“, sagte sie gönnerhaft. „Aber das Bett am Fenster will ich.“

„Das lässt sich bestimmt machen. Oder, Lilly? Erika?“ Er sah sie fragend an und beide nickten.

„Na, dann wäre das geklärt. Au revoir. Bis später.“ Er verließ das Zimmer, hatte aber noch keine zwei Schritte gemacht, als Daniela hinter ihm herstürmte.

„Philippe!“, rief sie entsetzt und hielt ihn am Arm fest. „Es gibt gar keine Toilette … und keine Dusche …“

Philippe lachte. „Tja, so ist das in alten Hotels. Sie haben viel Charme, Stuck und andere Verzierungen an der Decke, aber keine Dusche auf dem Zimmer. Das Badezimmer ist hier.“ Er zeigte auf eine Tür weiter hinten im Gang.

„Aber das bin ich nicht gewohnt“, sagte Daniela hochnäsig.

„Hm.“ Philippe sah sie abschätzend an. „Willst du Paris erleben, musst du dich darauf einlassen.“ Damit ließ er sie stehen.

Daniela sah ihm verdutzt hinterher. Sie war sich nicht sicher, was er damit gemeint hatte. Vielleicht, dass es in Paris dazugehörte, die Toilette auf dem Gang zu benutzen?

„Eure Freundin ist etwas kompliziert", sagte Philippe, als er zu Hanni und Nanni zurückkehrte.

„Daniela? Das kannst du laut sagen", platzte Hanni heraus und lachte.

Sie stand mit Nanni immer noch am Fenster. Die beiden konnten sich nicht sattsehen an dem Ausblick vor ihnen.

„Ihr liebt Paris, n'est-ce pas?", fragte Philippe lächelnd.

„Vom ersten Augenblick an", erwiderte Nanni überzeugt.

„Na, dann kommt mal mit. Für einen guten Ausblick habt ihr wirklich das beste Zimmer. Suzanne hat mir mal erzählt, dass dort früher ein berühmter Maler gewohnt hat."

Sie stiegen noch eine Etage höher und konnten nun wirklich über alle Dächer des Viertels blicken. Vor ihnen ragten die Türme einer alten Kirche in die Luft und die Kuppel glänzte in der späten Nachmittagssonne.

„Wow", flüsterte Nanni.

„Das ist Sacré-Cœur", sagte Philippe und es schien fast, als sei er selbst beeindruckt. „Ja, von hier hat man in der Tat einen guten Blick. Besser sieht man nur noch vom Dachgarten aus. Aber Suzanne will ihn nicht mehr benutzen ..." Er hielt inne und runzelte die Stirn. „Zum Duschen müsst ihr allerdings ein Stockwerk tiefer", fuhr er dann fort.

„Das ist mir schnurzpiepegal", meinte Hanni. Sie fühlte sich, als würde sie mit Nanni in den Wolken wohnen. Vergnügt sah sie sich um. „Ob das wohl das Zimmer ist, in dem auch Professor Kästner gewohnt hat?"

„Professor Kästner?", fragte Philippe.

Die Zwillinge wollten ihm gerade vom Professor erzählen, als Suzanne von unten alle in die Lobby rief.

„Oh weh", sagte Nanni. „Die Stunde der Wahrheit." Sicher hatte Mademoiselle Bertoux mit Direktorin Theobald telefoniert.

Sie eilten nach unten.

In der Lobby waren schon alle versammelt, als die Zwillinge mit Philippe eintrafen. Lilly saß abseits und blickte bange auf Mademoiselle Bertoux.

„Hmhm", räusperte sich die Französischlehrerin. „Sind alle da? Gut." Sie sah sich um und nickte. Selten hatten die Mädchen sie so ernst gesehen. „Ich habe lange mit Direktorin Theobald telefoniert. Und die gute Nachricht ist: Wir können bleiben."

Es dauerte einen Moment, bis alle die Bedeutung dieser Worte verstanden hatten. Dann brach ein ohrenbetäubender Jubel los.

„Aha", rief Philippe Suzanne ins Ohr. „Die Mädchen aus Deutschland können also auch fröhlich sein."

Sie lachte und zwinkerte ihm zu.

Nach einer Weile schaffte es Mademoiselle Bertoux, mithilfe von Suzanne und Philippe wieder für Ruhe zu sorgen.

„Ich freue mich auch", sagte sie. „Aber ich 'abe lange mit Frau Theobald geredet und wir waren zuerst sehr unentschieden." Sie wandte sich an Lilly. „ Lilly, das ist nicht einfach nur ein Streich. Und das wird Folgen 'aben, wenn wir zurück sind. Du wirst eine Strafe er'alten, das muss dir klar sein. Und euch allen kann ich nur sagen, dass es jetzt keine weiteren Zwischenfälle mehr geben darf, sonst müssen wir wirklich sofort 'eimfahren. Ist das klar?"

Alle waren ruhig, nickten und sahen die Lehrerin erwartungsvoll an. Aber sie schwieg. Stattdessen stand Lilly auf. Sie war ganz bleich und man sah ihr an, dass es ihr nicht leichtfiel, etwas zu sagen.

„Liebe Mademoiselle Bertoux", begann sie schließlich mühsam. „Es tut mir wirklich aufrichtig leid, was ich getan habe. Ich habe mir einfach keine Gedanken darüber gemacht. Und ich wollte unbedingt mitfahren. Aber es war eine große Eselei. Das sehe ich jetzt ein. Wahrscheinlich wollt ihr alle nichts mehr mit mir zu tun haben. Trotzdem bitte ich euch um Verzeihung." Sie blickte in die Runde. „Und ich werde meine Strafe akzeptieren."

„Ach, Lilly", rief Hanni unbekümmert. Nachdem entschieden war, dass sie bleiben durften, hatte sie ihrer Cousine schon fast wieder verziehen. „Du warst doch schon immer ein Esel."

Die Mädchen brachen in Lachen aus.

„Also“, rief Suzanne dazwischen, „ich weiß ja nicht, was es an eurer Schule so für Strafen gibt …“

„Küchendienst!“, schrien Hanni und Nanni gleichzeitig. Wieder lachten alle.

„… aber ich schlage eine Strafe für Lilly vor, die sogar nützlich ist“, fuhr Suzanne fort. „Soll sie doch einfach zusätzlich Französisch lernen. Das ist zwar mehr Arbeit, aber es bringt ihr auch etwas. Und damit hat sie auch das Recht, mit euch in Paris zu sein. Was meint ihr?“

Alle fanden den Vorschlag gut, außer Lilly. Sie war schon fast wieder die alte und zog eine komische Grimasse.

„Muss das sein?“, fragte sie. Aber sie lachte erleichtert. „Wie wäre es denn mit Tanzunterricht?“

„Auf jeden Fall wird jetzt erst mal gegessen“, entschied Philippe. „Maxime, mein Koch, hat gesagt, das Essen ist fertig.“

Eine unerwartete Begegnung

Maxime hatte sehr viel gekocht.

„Ihr müsst ordentlich essen", hatte er gerufen, als Suzanne und Mademoiselle Bertoux mit der ganzen Klasse hinüber ins Restaurant gekommen waren. „Ihr seid ja alle viel zu dünn." Dann entdeckte er Mademoiselle Bertoux. „Außer natürlich Madame", sagte er zuckersüß. „Das nenne ich Formen ..." Er schnalzte mit der Zunge.

Die Lehrerin war geschmeichelt. „Mademoiselle ...", korrigierte sie ihn mit einem Lächeln. „Nicht Madame."

„Oh, là, là." Maximes Mund verzog sich zu einem breiten Lächeln, dann verschwand er in der Küche.

Nach dem Essen gingen alle auf ihre Zimmer. Die Aufregungen des Tages hatten sie sehr müde gemacht und im Hotel „Fleur de Montmartre" ging das Licht an diesem Abend früh aus. Auch Mademoiselle Bertoux war sofort auf ihr Zimmer gegangen. Sie hatte es gerade noch geschafft, ihr großes Nachthemd und ihre rüschenbesetzte Schlafbrille auszupacken. Doch schon beim Zähneputzen fielen ihr beinahe die Augen zu und wenig später schlief sie wie ein Murmeltier.

Nur in einem Zimmer im obersten Stockwerk brannte noch

eine Weile Licht. Hanni und Nanni hatten Besuch von Erika und Daniela. Und auch Lilly war gnädig wieder in den Kreis der Freundinnen aufgenommen worden. Alle lagen oder saßen im Schneidersitz auf dem großen Doppelbett der Zwillinge.

„... und in dem Zimmer soll ein berühmter Maler gewohnt haben", berichtete Nanni.

„Ich kann mir kaum vorstellen, dass ein berühmter Maler in einem Hotel ohne Dusche wohnt", erwiderte Daniela gelangweilt. Sie hatte schon ihren rosafarbenen Schlafanzug angezogen und bürstete sich die Haare.

„Philippe hat es erzählt", wandte Hanni ein. „Es ist schon lange her und vielleicht war der Maler damals ja noch gar nicht berühmt. Wir müssen unbedingt Suzanne nach ihm fragen."

„Ach, Philippe", seufzte Daniela verzückt. „Ist der nicht süß?" Verträumt starrte sie an die Decke.

„Findest du nicht, er ist ein bisschen zu alt für dich?" Erika kicherte.

„Phh", machte Daniela und wechselte das Thema. „Auf jeden Fall hatten wir mehr Dusel als Verstand. Beziehungsweise Lilly hatte mehr Dusel als Verstand. Ich hätte dich erwürgt, wenn wir nach Lindenhof zurückgefahren wären."

Lilly verdrehte die Augen. „Ist ja schon gut", sagte sie. „Ich habe genug von dem Thema. Wie oft soll ich denn noch sagen, dass es mir leidtut?"

„Ich meine ja nur." Daniela zuckte mit den Schultern. „Ich wäre dann nie auf die Fashion Week gekommen ..."

Lillys Neugier war geweckt. „Fashion Week?“, fragte sie. „Was ist denn das?“

„Sag bloß, du hast noch nie etwas von der Pariser Fashion Week gehört?“, meinte Daniela von oben herab.

„Oh, Daniela“, stöhnten die Zwillinge. „Erzähl es ihr einfach ...“ Sie kannten ihre Geschichte von der berühmten Modemesse ja schon. Aber für Lilly war sie neu.

„Schon gut ...“ Daniela schob beleidigt die Unterlippe vor. „In der Fashion Week finden wahnsinnig viele Modeschauen von bekannten Designern statt. Lauter berühmte Leute treffen sich dort ... Schauspieler, Models ...“ Sie geriet ins Schwärmen. „Mein Vater war schon ein paarmal dort. Und ich bin sicher, dass er mir Karten für eine Modenschau besorgen kann.“

Alle starrten sie an.

„Hm“, machte Nanni nach einer Weile. „Du flunkerst uns aber nichts vor, oder?“

Daniela schüttelte überzeugt den Kopf. Lillys Augen begannen zu leuchten. Sie war Feuer und Flamme.

„Mensch, Daniela“, sagte sie feierlich. „Das wäre ja *die* Schau.“

Am nächsten Morgen schien die Sonne über den Dächern von Paris. Hanni und Nanni erwachten voller Tatendrang und konnten es kaum erwarten, nach dem Frühstück die Stadt zu erkunden. Allerdings hatte Mademoiselle Bertoux andere Pläne. Sie wollte unbedingt als Erstes in den Louvre und dann in ein anderes Kunstmuseum gehen, dessen Namen niemand richtig verstanden hatte, geschweige denn aussprechen konnte.

„Wie heißt das?“, fragte Hanni mit vollem Mund, als sie im Bistro frühstückten. Die Croissants hielten, was Philippe am Abend zuvor versprochen hatte. Es waren wirklich die besten, die sie jemals gegessen hatte.

„Musée de l'Art moderne de Paris“, flötete Mademoiselle Bertoux. „Die größten Künstler aus diesem und dem letzten Jahrhundert sind dort versammelt.“

„Ach, Mademoiselle“, jammerte Daniela. „Können wir den Kunstquatsch nicht ausfallen lassen und gleich zum Bummeln auf die Champs-Élysées gehen?“

Hanni nickte zustimmend, konnte aber nichts sagen, weil sie gerade den letzten Bissen ihres Croissants verspeiste. Sie stieß Nanni an, aber die war mit ihrem Handy beschäftigt. Hanni verdrehte genervt die Augen.

„Non, non, non.“ Mademoiselle schwenkte energisch den Zeigefinger in der Luft. „Das ist wischtig für die Bildung jedes Mädschens. Ihr werdet mir später dankbar sein.“

Hanni zuckte mit den Schultern. Sie wusste zwar nicht, wozu das später gut sein sollte, aber sie war fest entschlossen, sich ihre gute Laune nicht verderben zu lassen.

Draußen war es mild und frühlingshaft, als sich Mademoiselle Bertoux mit der Klasse schließlich auf den Weg zum Louvre machte. Sie wollten ein bisschen durchs Viertel spazieren und dann mit der Métro, der Pariser U-Bahn, bis zur Seine hinunterfahren, in deren Nähe der Louvre-Palast stand. Auf ihrem Weg kamen sie an einer großen weißen Kirche vorbei.

„Voilà“, rief Mademoiselle Bertoux und blieb stehen. „Das ist Sacré-Cœur. Eine der berühmtesten Kirchen der Welt.“

„Och, Mademoiselle Bertoux“, maulte Hanni. „Wenn wir jetzt an jeder Kirche in der Stadt stehen bleiben, kommen wir ja nie an.“

Nanni gab ihr einen Stoß in die Seite. „Das ist eine der berühmtesten Kirchen der ganzen Stadt“, flüsterte sie. „Du bist wirklich ein Banause.“

Hanni gab ihr einen Stoß zurück und grinste. „Muss ich wohl. Ich weiß ja nicht mal, was ein Banause ist.“

„Das ist jemand, der ungebildet ist“, erklärte Nanni. „Und einfach keine Ahnung hat.“

„Ach ja?“ Hanni rümpfte die Nase. „Na, deshalb bin ich ja wohl hier ... um was zu lernen.“

„Ruhe, Kinderschen“, sagte Mademoiselle Bertoux. „Mit dem Bau der Basilika Sacré-Cœur wurde bereits im 19. Jahrhundert begonnen, doch fertiggestellt wurde sie erst nach dem Ersten Weltkrieg ...“

„Mir gefällt die Kirche“, flüsterte Nanni. „Sie sieht irgendwie aus wie ein Märchenschloss.“

„Ich glaube, man kann die Kuppel von unserem Fenster aus sehen“, meinte Hanni. „Und auf jeden Fall hat man von hier aus einen tollen Blick über die Stadt.“

„Kunst'istorisch ist die Sacré-Cœur eher umstritten, doch für Touristen ist sie eines der beliebtesten Ausflugsziele von ganz Paris", erklärte die Französischlehrerin. Dann warf sie eilig ihre Tasche über die Schulter. „So, jetzt aber weiter. 'opp, 'opp, ' opp." Sie klatschte in die Hände. „'anni 'at recht. Wenn wir überall stehen bleiben, erreichen wir den Louvre nie."

Wie ein General schwang sie einen Regenschirm über ihrem Kopf, den sie zur Sicherheit mitgenommen hatte, und eilte die Stufen vor der Sacré-Cœur hinab zur Métro. Die Klasse musste sich beeilen, um sie nicht aus den Augen zu verlieren, denn trotz ihrer runden Formen war Mademoiselle Bertoux sehr flink.

„Sie sieht fast aus wie ein Gummiball, der die Stufen hinabhüpft", sagte Hanni.

Erika musste lachen und schüttelte den Kopf. „Das ist gemein", meinte sie. „Aber es stimmt."

Nanni starrte auf ihr Handy und tippte eine Nachricht.

„Schon wieder das Handy?" Hanni schüttelte den Kopf. „Wem schreibst du denn da die ganze Zeit? Also, wenn hier jemand ein Kunstbanause ist, dann ja wohl du."

„Ist ja gut", murmelte Nanni und wurde rot. „Ich bin schon fertig."

Hanni runzelte die Stirn. Aber es blieb keine Zeit mehr für Fragen. Die anderen waren schon fast unten an der Treppe angekommen und standen am Eingang zur Métro. Sie mussten sich beeilen, um sie wieder einzuholen.

Nach ein paar Stationen stiegen sie an einer Haltestelle an der Seine aus. Als sie aus der Métro nach oben kamen, schlug ihnen ohrenbetäubender Verkehrslärm entgegen. Die riesige Straße war verstopft von hupenden Autos und Bussen. Auf beiden Seiten zogen sich Zeitungsläden, Cafés und Souvenirgeschäfte. Weiter hinten glitzerte graugrün der Fluss in der Sonne.

Wie schon gestern waren überall Leute auf der Straße, die es furchtbar eilig hatten, und sei es nur, um ins nächste Café zu kommen. Die Mädchen blieben staunend stehen. Solch einen Trubel hatten sie noch nie gesehen. Selbst Mademoiselle Bertoux war erschlagen von dem Lärm, der Hektik und den vielen Menschen in der großen Stadt. Jedes Mal, wenn sie nach Paris kam, ging es ihr so. Es war, als wären sie vom ruhigen, abgeschiedenen Schloss Lindenhof direkt auf einem fremden Planeten gelandet.

Die Mädchen fanden es großartig.

„Wow", flüsterte Daniela andächtig und: „Wahnsinn", sagte Hanni. Genau so hatte sie sich Paris immer vorgestellt.

Mademoiselle Bertoux hatte alle Hände voll zu tun, um ihre Französischklasse zusammenzuhalten. Sie hätte es nicht für möglich gehalten, aber es war nach dem Zwischenfall mit Lilly gestern am Bahnhof schon das zweite Mal, dass sie Frau Mägerleins strenge Hand vermisste. Allerdings musste sie zugeben, dass alle sich vorbildlich verhielten. Sie hatten versprochen, keinen Ärger mehr zu machen, und sie gaben sich alle wirklich Mühe. Zwar musste sie ab und zu einige Nachzüglerinnen an einem Souvenir- oder Schmuckladen einsammeln, aber sie erreichten den Eingang des Louvre schon nach kurzer Zeit und ohne Verluste.

Im Inneren des riesigen Palasts kam es ihnen nach dem Trubel auf den Straßen gespenstisch still vor, obwohl auch hier viele Leute unterwegs waren. Aber alle unterhielten sich mit gesenkter Stimme und in den großen, dunklen Räumen war nur ein Raunen zu vernehmen. Es klang, als würde das alte Gebäude selbst leise vor sich hin murmeln.

„Im Louvre hängt eines der berühmtesten Gemälde der Menschheit“, erzählte Mademoiselle Bertoux. „Es ist das Bild der Mona Lisa von Leonardo da Vinci.“

Alle horchten auf.

„Das kenne sogar ich“, sagte Hanni spöttisch zu Nanni, aber die war schon wieder dabei, auf ihrem Handy zu tippen.

„Sag mal, an wen schreibst du da nur die ganze Zeit?“, rief Hanni aufgebracht. Sie hatten doch sonst nie Geheimnisse voreinander. Aber seit einiger Zeit versendete Nanni dauernd geheimnisvolle Nachrichten an ... Ja, an wen nur? Hanni hatte sie schon ein paarmal gefragt, aber nie eine Antwort bekommen. Immer war etwas dazwischengekommen oder Nanni war ihr ausgewichen. Aber jetzt reichte es. Dieses Mal würde sie nicht so einfach davonkommen ...

„Ich bin gleich fertig“, sagte Nanni.

„Nein, nein, nein." Hanni schwenkte ihren Zeigefinger hin und her. „Ich will jetzt wissen, was los ist. Stimmt zu Hause irgendwas nicht? Ist etwas mit Mama und Papa?"

Nanni sah überrascht auf. „Wie kommst du denn darauf?", fragte sie irritiert. „Nein, nein."

„Dann sag mir, was das zu bedeuten hat ..."

Nanni seufzte und steckte ihr Handy ein. Doch bevor sie etwas sagen konnte, beendete Mademoiselle Bertoux ihren Vortrag und sah sie an.

„Nanni, was 'abe ich gerade gesagt?", fragte sie.

Nanni wurde rot. „Mmh, tja ...", druckste sie herum. Sie hatte keinen blassen Schimmer, was Mademoiselle Bertoux gesagt hatte.

Die Lehrerin schüttelte den Kopf. „Nanni, so wirst du für immer eine Banausin bleiben. Pass bitte ein bisschen besser auf." Sie drehte sich um und marschierte los. „Und jetzt folgt mir, um ‚La Gioconda' zu sehen. Die Lächelnde, so wird das Bild von Mona Lisa auch genannt."

„Haha", machte Hanni. „Wer von uns beiden war noch mal die Banausin?"

„Pffh." Nanni ging beleidigt hinter den anderen her.

Wenig später standen sie vor dem berühmten Gemälde.

„Hm", sagte Daniela nach einer Weile gleichgültig, „so hübsch finde ich die gar nicht. Was meint ihr?" Sie warf ihre langen blonden Haare zurück.

„Ach, Daniela, Kindschen …" Mademoiselle Bertoux schüttelte bekümmert den Kopf. „Darum geht es doch nicht. Es geht um den Ausdruck, um dieses geheimnisvolle Lächeln und die Meisterschaft, mit der das Bild gemalt wurde. Der Zauber, den dieses Gesicht ausstrahlt … Ach …" Sie seufzte. Jedes Mal aufs Neue zogen sie die Rätselhaftigkeit dieser jungen Frau auf dem Bild und das Geheimnis um ihre Herkunft in den Bann.

Auch Hanni und Nanni, Erika und Lilly waren beeindruckt von dem Bild. Zumindest so lange, bis ein leiser Ton von Nannis Handy eine neue Nachricht ankündigte.

„Jetzt reicht es", zischte Hanni und zog ihre Schwester am Ärmel in eine abgelegene Fensternische. „Ich will jetzt sofort wissen, was los ist", sagte sie leise.

„Ich hab vergessen, den Ton auszuschalten", entschuldigte sich Nanni.

„Das ist mir egal." Hanni schüttelte genervt den Kopf. „Seit Tagen tippst du nur auf deinem Handy rum und erzählst nichts. Also, was ist los?"

Nanni sah sie an und grinste auf einmal. „Das ist los", sagte sie und hielt Hanni das Handy hin.

„Ben", las Hanni den Namen vor, der auf dem Display stand. Sie runzelte die Stirn. „Ben?"

„Na, Ben. Du weißt schon …" Nanni grinste immer noch. „Ich hätte es dir heute sowieso erzählt. Es gab nur noch keine Gelegenheit." Sie sah hinüber zu Daniela, die gelangweilt durch den Ausstellungsraum spazierte und ab und zu ihre Frisur in den verglasten Bildern überprüfte. „Also, pass auf. Ben ist in Paris, stell dir vor ..."

„Moment, Moment", unterbrach Hanni. „Ben? Welcher Ben? Ich weiß gar nichts."

Nanni verdrehte genervt die Augen. Wie konnte man nur so begriffsstutzig sein? Und vor allem: Wie konnte man Ben vergessen? Sie holte tief Luft. „Du erinnerst dich vielleicht noch, dass wir letztes Jahr in England waren?", fragte sie langsam.

„Jaaah", sagte Hanni gedehnt.

„Und du erinnerst dich vielleicht noch, dass der Ort Tottingham hieß?"

Jetzt wurde es Hanni zu bunt. „Ja!", rief sie laut und ziemlich ungeduldig. Erschrocken sahen sich die Zwillinge um, aber niemand beachtete sie. Mademoiselle Bertoux stand immer noch vor dem Bild der Mona Lisa. Die anderen hatten sich in den Ausstellungsräumen verteilt.

„Na ja, und da gab es das Café, du weißt schon", fuhr Nanni schnell fort. „Dort hat Ben gearbeitet. Und genau den Ben meine ich."

Bei Hanni fiel der Groschen. „Ach, *der* Ben!", rief sie.

„Psst", machte Nanni erschrocken.

„Und was ist mit ihm?", fragte Hanni ungerührt.

„Na, er ist in Paris. Er hat hier angefangen, Kunst zu studieren. Und seit ich wusste, dass wir auch nach Paris fahren, haben wir uns regelmäßig geschrieben. Und jetzt halt dich fest ..." Nanni strahlte Hanni an, als wäre Weihnachten. „Er ist mit Freunden gar nicht weit von hier unterwegs. Wir gehen doch nachher noch in das andere Museum …"

„Erinner mich nicht daran", stöhnte Hanni.

„… und Ben war gerade dort und geht mit seinen Freunden jetzt in ein Café ganz in der Nähe", fuhr Nanni unbeirrt fort. „Du musst mir helfen. Wir müssen Mademoiselle Bertoux nach dem Museumsbesuch unbedingt überreden, in das Café zu gehen, in dem Ben mit seinen Freunden sitzt. Ich will ihn so gerne wiedersehen."

„A-ach du meine Güte", stotterte Hanni verdattert. „Du bist ja … Bist du etwa …?"

Nanni wurde rot bis über beide Ohren. „Versprichst du, mir zu helfen?", fragte sie leise.

Hanni sah sie an und grinste. „Versprochen."

Der Taschendiebstahl

Mademoiselle Bertoux hatte einen Spaziergang durch den großen Park entlang der Seine vorgeschlagen. Alle waren einverstanden. Es war schönes Wetter und wenigstens würden sie so etwas von der Stadt sehen, auch wenn es nicht die Champs-Élysées mit den tollen Cafés und Boutiquen war.

Schließlich kam ein großer, weitläufiger Bau mit vielen Säulen in Sicht.

„Das Museum für moderne Kunst“, verkündete Mademoiselle Bertoux mit so stolzer Stimme, als hätte sie es selbst erbaut.

Die Mädchen begannen zu stöhnen.

„Ach, Mademoiselle …“, rief Hanni. „Noch ein Museum … Muss das sein?“ Sie zwinkerte Nanni zu. „Können wir nicht in ein Café gehen, um etwas zu essen? Wir haben alle Hunger.“

„Nach'er, mein Täubschen“, sagte Mademoiselle Bertoux. „Nach'er. 'abt noch etwas Geduld.“

„Aber wir haben schon so viele Bilder gesehen“, seufzte Daniela.

„Bestimmt gibt es sowieso keine schöneren als die, die im Louvre hängen“, meinte Hanni.

Mademoiselle Bertoux, die beinahe schon zugestimmt hätte, irgendwo Kaffee zu trinken, hob erstaunt die Augenbrauen. „Oh nein", rief sie überzeugt. „Das ist nicht wahr, meine Lieben. Sie sind ganz anders, aber wirklisch außergewöhnlich." Sie geriet ins Schwärmen. „Ach, Picasso, Braque, Matisse, Giacometti, c'etaient des artistes ... Das waren wirklich Künstler ..."

„Mist", flüsterte Hanni.

„Es wird nicht mehr lange dauern, das verspreche ich", fuhr Mademoiselle Bertoux fort. „Und dann gehen wir in ein nettes, kleines Café."

„Nein, nein, nein!", rief Nanni auf einmal aufgeregt. „Wir freuen uns doch schon den ganzen Tag auf die modernen Maler. Nicht wahr, Hanni? Und außerdem gibt es im Museum auch ein Café. Da könnten wir doch hingehen, oder?"

Mademoiselle Bertoux bekam untertellergroße Augen und sah Nanni entzückt an. „Magnifique ... Wunderbar. Aber natürlich, mein Vögelschen", sagte sie. „Ich wusste gar nicht, dass du und deine Schwester so kunstinteressiert seid."

„Wusste ich auch nicht", flüsterte Hanni, als sie sich auf den Weg ins Museum machten. „Was ist jetzt schon wieder los?"

„Ben ist mit seinen Freunden da drin im Café", flüsterte Nanni zurück und deutete auf das Museum. „Er hat mir gerade eben geschrieben."

„Du meine Güte", brummte Hanni. „Und wir wären beinahe wieder gegangen." Sie schüttelte den Kopf. „Die wissen aber auch nicht, was sie wollen."

„Ach." Nanni winkte ab. „Wir sehen uns ein paar Bilder an und dann gehen wir ins Café."

Es wurden ein paar Bilder mehr daraus. Nanni hatte zwar überhaupt keinen Kopf für die Ausstellung, sie dachte die ganze Zeit nur an ihr Treffen mit Ben. Aber den anderen gefiel es überraschend gut. Es waren wunderschöne und sehr ungewöhnliche Bilder dabei, und eine Ausstellung von Wandteppichen und Stoffen fand sogar bei Daniela Gefallen. Es gab auch ganz verrückte Skulpturen und Objekte, die Lilly begeisterten. Und Hanni entdeckte eine Sonderausstellung von russischen Malern, die sie ganz besonders interessierte.

„Russische Impressionen von Paris" stand an der Tür zum Saal, und Hanni war eigentlich nur auf der Suche nach dem Café auf sie gestoßen. Doch an einem Bild war ihr Blick hängen geblieben. „Vue de la fenêtre" hieß das schmale Gemälde, „Blick aus dem Fenster". Diese Farben und dieser Bildausschnitt erinnerten sie an etwas ... Sie trat näher, um die kleine Tafel zu lesen, die daneben angebracht war.

„Albin Turov", stand dort, *„stammt aus St. Petersburg und lebte in Paris. Er hat in diesen Jahren Ansichten der Stadt gemalt und gezeichnet. In seinen frühen Jahren fertigte er eine Vielzahl von Bildern von Montmartre im Wechsel der Jahreszeiten. Die meisten davon gelten als verschollen. Später wandte er sich unter dem Einfluss von Picasso dem Kubismus zu. Auch davon sind nur wenige Werke erhalten. Berühmt wurde Turov vor*

allem durch seine Arbeiterporträts. Erst vor wenigen Jahren ist er als Stadt- und Landschaftsmaler wiederentdeckt worden.“

Hanni blieb versunken vor dem Bild stehen. Für sie bestand kein Zweifel: Das musste der Blick aus *ihrem* Fenster im Hotel sein. War es möglich, dass Turov der Maler war, der im „Fleur de Montmartre“ gewohnt hatte?

„Nanni, Nanni“, rief sie. Sie winkte ihrer Schwester, die am Eingang zur Sonderausstellung vorbeieilte.

„Hanni, was treibst du denn?“, fragte Nanni. „Alle suchen dich. Und du versteckst dich hier, anstatt mir zu helfen, endlich ins Café zu kommen.“

„Aber sieh dir doch nur einmal das Bild hier an“, meinte Hanni. „Fällt dir nichts auf?“

Nanni warf einen flüchtigen Blick auf Turovs Bild. „Nein“, sagte sie uninteressiert. „Können wir jetzt ...?“

„Mensch, Nanni, das ist genau der Blick aus unserem Fenster. Turov muss der Maler gewesen sein, der früher in unserem Hotelzimmer gewohnt hat. Du weißt schon, der, von dem Philippe erzählt hat. Wir müssen nachher unbedingt Suzanne danach fragen. Albin Turov heißt er.“

Nanni betrachtete das Bild etwas aufmerksamer. „Mag sein“, sagte sie dann und zuckte mit den Schultern. „Wir können ja Suzanne heute Abend fragen. Aber jetzt komm. Mademoiselle Bertoux will endlich ins Café. Und ich auch. Alle warten nur noch auf dich.“

Nanni entdeckte Ben in dem Trubel aus Touristen, Studenten und kunstbegeisterten Besuchern nicht gleich. Es gab Plätze im Innenraum und eine große Terrasse, die dank des milden Wetters gut besucht war. Dort suchte sie zuerst, aber schließlich fand sie Ben im Café. Er saß mit seinen Freunden ganz hinten in einer Ecke und hatte auch dafür gesorgt, dass neben ihnen noch ein paar Stühle frei waren.

Hanni und Nanni eilten zu ihnen und blieben vor Ben stehen.

„Hallo", rief Hanni. Auch sie freute sich, Ben wiederzusehen.

Ben stand freudestrahlend auf. „Hallo", sagte er und sah Nanni an.

Nanni wurde ganz rot. „Hi", sagte sie schüchtern, dann gab sie sich einen Ruck und streckte ihm lächelnd die Hand hin.

Aber Ben nahm ihre Hand nicht. Stattdessen gab er ihr links und rechts ein Küsschen auf die Wange.

„Schön, dich zu sehen. So begrüßt man sich hier in Paris", sagte er. Aber jetzt wurde er auch ein bisschen rot. „Bisous heißt das. Eine ganz normale Begrüßung", beeilte er sich hinzuzufügen, als er Mademoiselle Bertoux auf sich zukommen sah.

„Bonjour", rief sie schon von Weitem. „Kennen wir uns nicht irgendwo'er?"

„Bonjour, Madame", sagte Ben höflich. „Ja, ich glaube, aus dem Internat in Tottingham. Ich war bei dem Abschlusskonzert letztes Jahr dort."

„Mais oui. Ah, ja." Ohne Weiteres nahm Mademoiselle Bertoux ihn an den Schultern und gab ihm zwei Bisous. Schließlich war sie Französin! „Und es 'eißt Mademoiselle ..."

Hanni lachte. „In Paris begrüßt man sich so", flüsterte sie Ben zu, der ganz bleich aus Mademoiselle Bertoux' Armen wieder auftauchte.

Seine Freunde hatten die Szene amüsiert beobachtet. Jetzt kicherten sie.

„Darf ich vorstellen", sagte Ben etwas benommen. „Das sind Julie, Antoine und Enzo. Wir studieren zusammen."

Die drei standen kurz auf und gaben Mademoiselle Bertoux, Hanni und Nanni die Hand.

„So, so. Was studieren Sie denn?", fragte Mademoiselle Bertoux.

„Kunst", sagte Ben stolz. „Antoine ist aus Paris, Julie aus Lyon und Enzo ist Italiener. Wir haben uns hier an der Uni kennengelernt und beschlossen, zusammen die Pariser Museen anzusehen."

„Sehr lobenswert." Mademoiselle Bertoux nickte anerkennend mit dem Kopf.

„Ach, ja." Antoine zuckte mit den Schultern und strich sich durch sein verwuscheltes Haar. „Ich kenne den ganzen Krempel ja schon. Ich gehe eigentlich nur Julie zuliebe mit."

Nanni lachte laut und Hanni warf ihr einen schnellen Blick zu. Ihre Schwester war eindeutig nervös wegen dieser Julie. Ärgerlich runzelte Hanni die Stirn und musterte die drei Freunde von Ben genauer. Enzo war ein waschechter Italiener, klein und dünn, mit schwarzen Haaren und lebhaften Augen. Antoine hatte dunkelblonde Haare, war blass und trug sehr teure Kleider. Das sah man sofort. Und Julie? Nun ja, sie war hübsch mit ihren braunen, zurückgebundenen Haaren, dem hellen Teint und einem netten Lächeln. Aber Ben schien sich überhaupt nicht für sie zu interessieren, seit Nanni aufgetaucht war.

„Kennt ihr Turov?", fragte Hanni knapp. Nannis Nervosität störte sie auf eine eigenartige Weise. Sie wusste gar nicht, warum, aber auf einmal war sie gereizt.

„Turov?", fragte Antoine gelangweilt. Alle hatten sich wieder gesetzt. „Der die Porträts gemacht hat?"

„Ja. Aber nur wenige wissen, dass er auch sehr berühmte Landschafts- und Stadtbilder gemalt hat", erwiderte Hanni triumphierend. „Er war ein Freund von Picasso."

„Aha", sagte Antoine. Nichts schien ihn aus der Ruhe bringen zu können. Vielleicht war es ja das, worüber Hanni sich ärgerte.

„Oho", sagte Mademoiselle Bertoux. „Ich wusste gar nicht, dass du so kunstbegeistert bist, 'anni." Sie legte ihren Mantel und ihre Tasche auf einen Stuhl. „Jedenfalls bestelle ich jetzt Getränke und Kuchen. Sicher 'abt ihr alle 'unger." Sie ging nach vorne an die Verkaufstheke.

Es war zum Verrücktwerden. Seit einer halben Stunde saßen sie jetzt im Café, futterten Kuchen und tranken Limo. Aber

Nanni hatte einfach noch keine Gelegenheit gefunden, mit Ben mehr als ein „Wie geht's?“ zu wechseln. Immer wurde er entweder von Antoine oder Enzo in ein Gespräch gezogen, oder Mademoiselle Bertoux stellte eine ihrer unzähligen Fragen. Das Kunststudium interessierte sie brennend.

Doch irgendwann fragte sie: „Wo sind denn die Toiletten?“ Endlich, dachte Nanni.

Antoine zwinkerte Enzo zu und zeigte es ihr. Hanni fragte Julie, wie ihr die Ausstellung über die russischen Maler gefiel, und plötzlich hatten Ben und Nanni Zeit für ein paar kurze Sätze.

„Es ist schön, dich zu sehen“, sagte Ben.

„Gleichfalls“, meinte Nanni und grinste. Auf einmal war es wieder wie in England, wo sie ganz normal miteinander geplaudert hatten.

„Weißt du, anfangs war ich ziemlich nervös, ganz allein hierherzukommen“, erzählte Ben. „So ohne Freunde und Bekannte in dieser riesigen Stadt ... Ich habe viel an zu Hause und auch an dich gedacht.“

„Wirklich?“ Nanni traute ihren Ohren nicht. „Du hast an mich gedacht? Das ist ja ...“ Sie wurde rot.

„Ja“, sagte Ben einfach und lächelte. „Gott sei Dank habe ich Antoine und Enzo kennengelernt. Und Julie ...“

Nanni sah ihn an. „Sie ist sehr nett ...“

„Ja“, sagte Ben, um gleich darauf abzuwehren: „Oh, nein, nein. Nicht so, wie du denkst ...“

Nanni lächelte. Doch bevor sie etwas sagen konnte, war es schon wieder vorbei mit der Ruhe. Mademoiselle Bertoux kam von der Toilette zurück und mahnte zum Aufbruch.

„Kinderschen, es ist spät. Wir wollen aufbrechen, schließlich 'aben wir noch einen weiten Weg vor uns."

Nanni sah Ben bedauernd an und wollte aufstehen.

„Nanni", sagte Ben hastig, „sollen wir uns nicht morgen treffen?" Er schob ihr einen Zettel zu. „Hier ist die Adresse eines Cafés. Es ist sehr nett. Ich bin morgen Abend dort. Komm doch hin. Dann können wir in Ruhe ein bisschen reden. Was meinst du?"

Nanni stockte der Atem. Lud Ben sie zu einem Rendezvous ein? Es wäre ihr erstes ...

„I-i-ich weiß nicht ...", stotterte sie verlegen. „Das wird kaum möglich sein ..." Sie zeigte auf die Französischlehrerin. „Mademoiselle Bertoux ..."

„Ach, was." Ben winkte ab. „Ihr seid am Montmartre, nicht wahr? Das Café ist gleich bei euch um die Ecke."

„Sie wird mich niemals gehen lassen."

„Vielleicht für ein Stündchen?"

„Ich hab dafür gar nichts zum Anziehen dabei ..."

Ben lachte. „Es ist ein Café. Ein ganz normales Café." Er sah sie treuherzig an „Versuch's doch. Ich würde mich total freuen. Wie wär's?"

Nanni nickte hastig, lachte und stand auf. In diesem Moment stieß Mademoiselle Bertoux einen schrillen Schrei aus.

„'uuuhhh!“, rief sie. „Meine Tasche ist weg! Sie 'at 'ier auf dem Stuhl gelegen!“

Tatsächlich. Die Tasche war spurlos verschwunden.

Der arme Maler

Alle waren in heller Aufregung und durchsuchten das ganze Café nach Mademoiselle Bertoux' Tasche. In dem ständigen Kommen und Gehen, das dort herrschte, hatte niemand bemerkt, dass sie auf einmal weg war.

Antoine stellte sich als besonders hilfsbereit heraus. Er ging sofort nach vorne zu den Kassierern und fragte, ob sie vielleicht jemanden gesehen hätten, der mit einer großen schwarzen Tasche nach draußen gegangen war. Aber niemand hatte etwas bemerkt. Durch den Trubel aufmerksam geworden, erschien auch der Besitzer des Cafés aus der Küche. Als er hörte, was geschehen war, entschuldigte er sich tausendmal bei Mademoiselle Bertoux und machte sich persönlich daran, noch einmal in allen Ecken und sogar zwischen den Tischen draußen auf der großen Terrasse nachzusehen. Aber die Tasche blieb verschwunden.

„Ich kann mir das einfach nicht erklären, Mademoiselle", sagte er und drehte nervös an seinem dünnen schwarzen Schnurrbart. „So etwas ist noch nie passiert. Und für meine Angestellten lege ich die Hand ins Feuer …"

„Oh weh", jammerte Mademoiselle Bertoux. „Meine schöne

Tasche. Um das bisschen Geld geht es mir ja gar nicht. Aber was alles darin war ... Mein schönes altes Portemonnaie ... Mein Spiegelschen, eine kleine Uhr ... Ach, ich darf gar nicht daran denken." Entkräftet sank sie auf einen Stuhl und starrte düster vor sich hin.

„Mademoiselle, vielleicht haben Sie die Tasche ja auf der Toilette dabeigehabt?", schlug Daniela vor.

Die Lehrerin schüttelte nur matt den Kopf. Trotzdem gingen Lilly, Hanni und Erika los, um nachzuschauen. Aber auch dort war nichts zu finden. Sie sahen in allen Kabinen nach, bis auf eine, die von Julie besetzt war.

„Hier drin ist auch nichts", rief Julie nach draußen, nachdem sie sich umgesehen hatte. „Ich komme gleich wieder und helfe euch, aber ich musste mal ganz dringend ..."

Die drei warteten auf sie und zusammen gingen sie zurück ins Café.

„Ich bin untröstlich", sagte der Besitzer gerade. „Aber es kommen jeden Tag sehr viele Leute hierher, und ich kenne die wenigsten. Es ist natürlich durchaus möglich, dass jemand die Tasche gestohlen hat. Paris ist eine große Stadt mit vielen Touristen. Und das zieht leider auch Diebe aus aller Herren Länder an."

„Was ist das nur für eine Welt", flüsterte Mademoiselle Bertoux betrübt.

Der Cafébesitzer tätschelte ihr beruhigend die Hand. „Trotzdem werde ich mich umhören. So etwas kann ich natürlich nicht dulden. Bisher hatten wir keine Probleme mit Dieben. Ich will nicht hoffen, dass sich das jetzt ändert. Mademoiselle, ich gebe Ihnen auf jeden Fall unsere Telefonnummer. Wir werden heute Abend noch einmal alles gründlich absuchen. Vielleicht finden wir die Tasche ja noch."

Mademoiselle Bertoux nickte und gab ihm die Telefonnummer vom Hotel „Fleur de Montmartre".

„Nanni", flüsterte Ben, als sie draußen vor dem Museum standen, „kommst du denn morgen ins Café?"

Nanni erschrak. Bei all der Aufregung um Mademoiselle Bertoux' Tasche hatte sie die Verabredung ganz vergessen. „Ich würde schon gern", sagte sie leise. „Aber ich glaube nicht, dass es geht."

„Ach, komm schon", bettelte Ben. „Gib dir einen Ruck."

„Ben!", rief Antoine. Er hatte sich mit Julie und Enzo schon verabschiedet und wartete ungeduldig. „Kommst du?"

„Ja, ja", sagte Ben und sah Nanni mit seinen braunen Augen treuherzig an: „Also?"

„Ich versuche es", flüsterte Nanni. Im selben Moment stockte ihr der Atem. Was hatte sie da gesagt? Wie sollte das gehen? Mademoiselle Bertoux würde niemals ihre Einwilligung geben. Aber bevor sie noch etwas sagen konnte, war Ben schon freudestrahlend losgerannt.

„Ben!", rief sie hinter ihm her.

„Bis bald." Er winkte und war weg.

„Oh nein“, hauchte Nanni und sah ihm hinterher.

Auf dem Heimweg erzählte sie Hanni alles.

Die sah sie völlig entgeistert an und sagte nur: „Du spinnst.“

„Warum?“, fragte Nanni und stellte sich stur. Eigentlich hatte sie von ihrer Schwester genau das hören wollen: dass es unmöglich war, sich mit Ben allein zu treffen. Doch dann ärgerte sie sich über Hannis trockenen Kommentar. Was war denn falsch daran? Sie mochte Ben gern und würde ihn im Café treffen, um sich mit ihm zu unterhalten. Was konnte es Romantischeres geben?

„Warum? Das muss ausgerechnet ich meiner vernünftigen Schwester erklären?“ Hanni lachte. „Überleg doch mal. Ben ist wirklich nett. Aber deshalb abends allein aus dem Hotel zu schleichen? Das ist doch verrückt ... Und Mademoiselle Bertoux würde dir das nie verzeihen.“

„Sie braucht es ja nicht zu erfahren“, flüsterte Nanni trotzig.

Hanni winkte ab. Für sie war der Fall damit erledigt. Aber nicht für Nanni ...

Im Hotel warteten Philippe, Maxime und Suzanne schon mit dem Essen auf sie. Mademoiselle Bertoux stürzte auf sie zu und berichtete ihnen vom Diebstahl ihrer Tasche. Alle waren entsetzt. Maxime war geradezu außer sich vor Ärger.

„Was macht denn das für einen Eindruck, wenn man nicht einmal mehr ins Museum gehen kann?“, schimpfte er. „Früher wäre so etwas nicht passiert. Da hatten die Diebe noch

Ehrfurcht vor der Kunst." Er schwang sein großes Küchenmesser, dass es den Mädchen angst und bange wurde, und verschwand in der Küche.

Suzanne und Philippe sahen ihm lächelnd hinterher.

„Na ja", meinte Philippe ernst, nachdem er verschwunden war. „So etwas kann natürlich überall passieren. Aber es ist schon sehr ärgerlich. Es tut mir wirklich leid, Mademoiselle Bertoux."

„Ach, Sie können ja nichts dafür, Philippe", sagte die Französischlehrerin. Die große Anteilnahme der drei tröstete sie schon fast über ihren Verlust hinweg. „Aber es ist traurig. Ich 'abe diese Tasche geliebt ... Und meine kleine Uhr ... mein 'übsches Portemonnaie ..."

„Auf jeden Fall werde ich mich erkundigen", entgegnete Philippe entschlossen. „Ich habe ein paar Bekannte bei der Polizei. Vielleicht können die uns weiterhelfen."

„Das würden Sie tun?" Mademoiselle Bertoux faltete die Hände und sah ihn dankbar an. „Ach, Sie sind ein Engel."

Lilly, Hanni und Nanni, die neben ihnen standen, mussten wider Willen kichern und ernteten einen strengen Blick.

Als schließlich alle Platz genommen und Maxime das Essen aufgetragen hatte, fragten Hanni und Nanni Suzanne nach dem Maler, der in ihrem Zimmer unter dem Dach gewohnt hatte.

„Ach, du liebe Zeit." Suzanne lachte. „Hat Philippe euch diese alte Geschichte aufgetischt?" Sie überlegte und fuhr dann fort: „Wisst ihr was? Ich trinke abends immer noch eine Tasse heißen Kakao. Kommt doch nach dem Essen zu mir und ich erzähle euch von dem armen Maler im Dachzimmer. Was meint ihr?“

„Au ja!“, rief Hanni erfreut. „Spitze.“

Nanni lächelte abwesend und nickte. Hanni musste sie nur kurz ansehen, um festzustellen, dass sie an etwas völlig anderes dachte. Und sie konnte sich genau vorstellen, an was.

Nach dem Essen setzten sich die drei mit einer großen Tasse Kakao auf die bequeme Couch, die in einer Ecke der Lobby des Hotels stand. Suzanne hatte Decken verteilt und zog die Füße aufs Polster hoch.

„Also“, begann sie und nippte an ihrer Tasse, „was hat euch Philippe denn erzählt?“

„Er hat gesagt, dass in dem Zimmer unter dem Dach früher ein Maler gelebt hat“, berichtete Hanni. „Und heute waren wir mit Mademoiselle Bertoux im Museum ... Dort, wo ihre Tasche geklaut wurde ...“

„Das ist wirklich eine Frechheit“, unterbrach Suzanne sie.

„Ja, ja ...“, fuhr Hanni eilig fort. Sie wollte nicht schon wieder über Mademoiselle Bertoux’ Tasche reden. „Jedenfalls gibt es dort gerade eine Ausstellung über russische Maler in Paris und ich habe ein Bild von Albin Turov entdeckt. Es ist genau der Blick, den man bei uns aus dem Fenster hat. Und es heißt auch noch ‚Blick aus dem Fenster‘.“

Suzanne nickte. „So, so. Haben sie das Bild mal wieder ausgestellt“, sagte sie gelassen. Sie war nicht im Mindesten überrascht. „Ja, das ist hier entstanden.“

Hanni traute ihren Ohren nicht. „Wahnsinn! Dann hat also tatsächlich Albin Turov hier gewohnt? Und wir sehen sein Bild zufällig im Museum?“

Suzanne lachte. „Genauso ist es“, bestätigte sie. „Aber das ist keineswegs ungewöhnlich. Turovs Bilder sind sehr berühmt und werden oft ausgestellt. Als er als junger Mann nach Paris kam, war er allerdings bitterarm ...“

„Und dann ist er zu euch gekommen und ihr habt ihn aufgenommen“, fiel Hanni ihr ins Wort. „Genauso wie Professor Kästner, als er damals für sein Buch über die persischen Dichter hierherkam.“

„Na ja, ganz so war es nicht“, sagte Suzanne und lachte wieder. „Zuerst einmal ist das mit Turov schon ganz schön lange her, fast hundert Jahre. Ich war damals noch gar nicht geboren. Nicht mal meine Eltern waren auf der Welt. Meine Urgroßeltern haben ihn aufgenommen. Sie hatten das Hotel gerade erst eröffnet. Und anfangs, das ist tatsächlich ähnlich wie bei Konrad Kästner, hat Turov für das Zimmer natürlich bezahlt.“ Sie seufzte. „Die Geschichte von Albin Turov wurde in unserer Familie von Generation zu Generation weitergegeben. Meine Urgroßeltern haben sie meinen Großeltern erzählt und die wieder meinen Eltern ... Und die Geschichte geht so ...“

Sie wickelte ihre Decke noch ein bisschen fester um sich,

nahm einen Schluck Kakao und begann zu erzählen: „Albin Turov kam in einer frostigen, eisig kalten Schneenacht zu meinen Urgroßeltern. Möglicherweise war es die kälteste Nacht des Jahrhunderts in Paris. So jedenfalls haben meine Eltern es mir erzählt. Es kann aber durchaus sein, dass sie ein kleines bisschen übertrieben haben." Suzanne zwinkerte den Zwillingen zu. „Meine Urgroßmutter war schon zu Bett gegangen und mein Urgroßvater wollte gerade die Tür abschließen und die Lichter löschen, als ein hagerer Mann aus dem dicken Schneetreiben in die Lobby des Hotels trat. Mein Urgroßvater erschrak beinahe zu Tode. Ihr müsst wissen, dass die Leute damals noch an allerlei Geister und Gespenster glaubten, und welcher Mensch würde sich nachts bei diesem Wetter noch draußen herumtreiben?"

„Was heißt hier damals?" Hanni kicherte. „Mademoiselle Bertoux glaubt immer noch daran."

Nanni kitzelte sie. „Ja, genau. Mademoiselle Bertoux ... Du hast dich auch ganz schön erschrocken, als wir dachten, auf dem Dachboden von Schloss Lindenhof haust ein Gespenst. Und dann war es nur Professor Kästner."

„Hmhm", brummte Hanni. Daran wurde sie nicht so gern erinnert.

„Jedenfalls war es kein Gespenst, sondern Albin", fuhr Suzanne fort. „Er erzählte meinem Urgroßvater, er sei geradewegs aus Russland gekommen. Zuerst sei er mit der Eisenbahn gefahren, aber schließlich zu Fuß bis nach Paris und direkt zum Montmartre gegangen. Alle in Russland hätten ihm gesagt, als Künstler und Maler könne man dort, und nur dort, sein Glück machen.

Als mein Urgroßvater das hörte, bedauerte er den jungen Mann. Wie oft hatte er das schon gehört und wie viele Künstler kannte er, die sich nicht die Butter aufs Brot oder auch nur das Brot selbst leisten konnten? Viele schufteten Tag und Nacht in den Großmärkten und Schlachthöfen, um sich das Geld für ein bisschen Leinwand zu verdienen. Und doch sagte er ihm nichts davon. Er hatte zwar keine Zimmer frei, aber er konnte Albin bei diesem Wetter ja schlecht wieder vor die Tür setzen. Also bot er ihm an, für einen Spottpreis oben in der Dachkammer zu wohnen.

Albin nahm das Angebot freudestrahlend an. Er war überzeugt, dass er mit dem wenigen Geld auskommen würde, das er mitgebracht hatte. Bald schon, so dachte er, würde er ein bekannter Maler sein, wohlhabend und glücklich. Aber er hatte keine Ahnung, wie teuer Paris war. Und er hatte keine Ahnung, dass er nicht der einzige Maler war, der mit solchen Träumen in die Stadt gekommen war. Kurzum: Ein Jahr später hauste er immer noch in der Dachkammer, aber sein Geld war restlos aufgebraucht. In dieser Zeit hatte er nur gemalt, gemalt, gemalt. Die Aussicht und das Licht am Montmartre hatten ihn von Anfang an begeistert. Aber er war selbst nicht zufrieden mit seiner Arbeit. ‚Verkaufen Sie ein paar Bilder', schlug mein Urgroßvater ihm vor. Doch Albin meinte: ‚Die sind nicht gut.'

Mein Urgroßvater rang verzweifelt die Hände, denn sie waren gut. Aber eben nicht gut genug für Albin Turov.

Wenigstens war er so schlau, dieselben Leinwände immer wieder zu übermalen, sodass er sich das Geld für neue sparte. Aber, wie gesagt: Nach einem Jahr besaß er nichts mehr. Meine Urgroßeltern hatten sich inzwischen mit ihm angefreundet. Und so kam es, dass sie ihn da oben im Dachzimmer kostenlos wohnen ließen." Suzanne hielt inne, um wieder einen Schluck Kakao zu trinken.

„Und dann ist er berühmt geworden und hat deinen Urgroßeltern ein sorgloses Leben ermöglicht", sagte Hanni überzeugt.

Suzanne schüttelte den Kopf. „Leider nein. Albin Turov wollte das Angebot erst nicht annehmen. Er blieb dann aber doch noch einige Zeit in der Dachkammer, unter der Bedingung, dass meine Urgroßeltern die Hälfte der Bilder, die er dort malte, als Bezahlung annehmen sollten. Sie sträubten sich zuerst, willigten dann aber doch ein. Albin schrieb auf einer Serviette einen Vertrag nieder, weil er selbst kein Papier mehr besaß, so arm war er. Damit sollten meine Urgroßeltern beweisen können, dass die Bilder ihnen gehörten. Aber auch als Albin sich irgendwann entschloss, einige Bilder doch anzubieten, blieb der Erfolg weiter aus."

„Oh nein", sagte Nanni. Sie war anfangs nur halb bei der Sache gewesen und hatte immer wieder heimlich auf ihr Handy gesehen, ob nicht eine Nachricht von Ben gekommen war. Aber Suzannes Erzählung hatte sie immer mehr gefesselt.

„Oh doch“, meinte Suzanne und nickte bedeutungsvoll. „Und eines Nachts hatte Albin seinen Koffer gepackt und war verschwunden. Er hatte kein Geld und keine Hoffnung mehr. Meine Urgroßeltern haben versucht, ihn zu finden, aber vergeblich. Alles, was er zurückgelassen hatte, waren seine Bilder.“

Die Zwillinge sahen Suzanne mit großen Augen an. Das konnte doch unmöglich das Ende der Geschichte sein. Schließlich war Albin Turov doch ein berühmter Maler geworden ...

Suzanne blickte mit ebenso großen Augen zurück. Plötzlich lachte sie. „Ja, ja, ich weiß schon. Albin Turovs Werke hängen heute in Museen in der ganzen Welt. Aber er hatte noch einige Hürden vor sich, bis es so weit war, und meine Urgroßeltern haben das wohl nicht mehr erlebt. Albin hatte genug von Paris und verdingte sich als Zeichner für wohlhabende Leute, die gerne Skizzen und Bilder von ihren Landhäusern und Gärten haben wollten. Dafür wurde er bezahlt und kam viel in ganz Frankreich, England und Deutschland herum. Nebenbei fertigte er auch immer Skizzen und Porträts von den Arbeitern auf den Landgütern, den Hausangestellten und manchmal auch den Besitzern an. Und dadurch wurde er irgendwann bekannt. Erst viel später wurden seine früheren Werke aus Paris wiederentdeckt.“

„Was für ein Leben“, flüsterte Hanni schwärmerisch. Es klang so abenteuerlich und aufregend.

„Ja", sagte Suzanne. „Aber man muss auch bedenken, wie lange er bitterarm gewesen war ..."

„Ja ...", murmelte Nanni abwesend. Sie dachte über etwas anderes nach. „Aber deine Familie muss doch steinreich sein. Auch wenn deine Urgroßeltern nichts mehr davon hatten. Deine Großeltern besaßen ja ganz viele Bilder von Albin Turov. Und als er berühmt wurde, waren die bestimmt sehr viel wert."

„Stimmt", rief Hanni aufgeregt. „Wenn ihr die Bilder verkauft habt ..."

Suzanne lächelte müde und winkte ab. „Ja, ja. Was meint ihr, wie gut ich dieses Geld brauchen könnte. Das Hotel ist ja dringend renovierungsbedürftig. Alles ist alt und klapprig."

„Aber das ist doch gerade das Schöne daran", unterbrach Nanni sie.

„Das empfinden leider immer weniger Leute so. Heutzutage sind sie es gewohnt, eine Toilette und Dusche im Zimmer zu haben. Die Einrichtung müsste erneuert werden, die Wände gestrichen, neue Teppiche verlegt werden ..."

„... und der Dachgarten neu bepflanzt", ergänzte Hanni.

Suzanne verzog missmutig den Mund. „Ach, der Dachgarten ... erinnert mich nicht daran."

Hanni wollte schon fragen, was es denn mit dem Garten auf sich hatte, doch irgendetwas in Suzannes Stimme sagte ihr, dass jetzt nicht der richtige Zeitpunkt dafür war. Aber es schien ein Geheimnis darum zu geben und Hanni gab nie Ruhe, bis sie Geheimnissen auf den Grund gegangen war. Sie nahm sich vor, Philippe danach zu fragen.

„Es müsste auf jeden Fall eine Menge gemacht werden, wenn es das Hotel ‚Fleur de Montmartre' weiterhin geben soll", fuhr Suzanne fort. „Und da sehe ich zurzeit schwarz. Ich habe einfach kein Geld."

„Aber was ist denn nun mit den Bildern von Albin geschehen?", fragte Nanni.

Suzanne zuckte mit den Schultern. „Das weiß leider kein Mensch. Ich habe den ganzen Dachboden und Keller nach ihnen abgesucht, ohne Erfolg. Sie sind weg. Meine Urgroßeltern haben irgendwann renoviert und ich fürchte, sie haben die Bilder weggeworfen oder dem nächstbesten Trödler verkauft. Sie konnten ja nicht ahnen, wie viel sie einmal wert sein würden." Sie nahm einen letzten Schluck aus ihrer Tasse. „So", sagte sie energisch und wickelte sich aus ihrer Decke. „Das war die Geschichte von Albin Turov." Sie sah auf ihre Uhr. „Und es ist ganz schön spät geworden. Zeit, ins Bett zu gehen."

„Glaubst du, die Bilder sind wirklich verschwunden?", fragte Hanni, als sie hinter ihrer Schwester die Treppe nach oben in ihre Dachkammer stieg.

„Hm", machte Nanni. „Wer weiß?"

„Ich finde, wir müssen die Bilder unbedingt suchen." Hanni blieb auf dem Treppenabsatz stehen. „Stell dir doch nur vor, wie sehr sich Suzanne freuen würde, wenn wir sie fänden."

„Wenn du meinst“, sagte Nanni abwesend.

Hanni verdrehte genervt die Augen und ging weiter die Treppe nach oben. „Du denkst wohl nur noch an Ben, wie?“

„Ach, Hanni“, jammerte Nanni auf einmal. „Wie soll ich nur unbemerkt aus dem Hotel herauskommen? Und was soll ich anziehen? Und ...“

„Vergiss es“, schnitt Hanni ihr das Wort ab. „Du weißt, ich helfe dir immer. Aber nicht bei diesem Quatsch. Hilf du mir lieber, die Bilder zu finden.“

Fashion Week in Paris

Als Nanni am nächsten Morgen erwachte, galt ihr erster Gedanke Ben. Es war für sie keine Frage mehr, ob, sondern nur noch, wie sie am besten unbemerkt ins Café kommen würde, um ihn zu treffen.

„Durchs Fenster geht es jedenfalls nicht …", murmelte sie, nachdem sie einen Blick hinausgeworfen hatte. Sie ging wieder hinüber zu dem großen Bett, in dem Hanni lag und noch schlief. Mit einem lauten Seufzer ließ sie sich darauffallen und nahm ihr Kopfkissen in die Arme. „Was soll ich nur anziehen?", fragte sie laut.

„Hmm?", machte Hanni und drehte sich um.

„Ach, nichts." Lustlos stand Nanni wieder auf und ging zu einem kleinen Waschbecken an der Wand, über dem ein Spiegel angebracht war. „Ich überlege nur …"

„Guten Morgen", sagte Hanni und öffnete ein Auge, um Nanni bei ihren Wanderungen durchs Zimmer zu beobachten.

„Meinst du, es gibt einen Notausgang im Hotel?", fragte Nanni und ging wieder hinüber zum Fenster.

„Oh nein", sagte Hanni und setzte sich abrupt auf. „Sag bloß, es geht schon wieder um deine Verabredung mit Ben?"

„Natürlich", entgegnete Nanni. „Worum denn sonst?"

Hanni ließ sich zurück auf ihr Kissen fallen und stöhnte. „Ich will nichts mehr davon hören, klar?"

Nanni seufzte. „Ach, du bist nur eifersüchtig."

„Eifersüchtig?" Hanni sprang mit einem Satz aus dem Bett und ging hinüber zu ihrer Schwester. „Spinnst du? Das finde ich gar nicht witzig. Schlag dir diese Verabredung endlich aus dem Kopf. Wenn du einfach verschwindest, müssen wir ganz sicher wieder nach Hause fahren. Und das will ich nicht. Mir gefällt es hier nämlich."

„Du verstehst das nicht ...", wandte Nanni ein.

„Ganz genau", sagte Hanni und sah ihre Schwester böse an. „Und dass ich dir helfe, kannst du dir auch abschminken." Damit nahm sie ihren Waschbeutel und ging ein Stockwerk tiefer ins Badezimmer.

Nachdenklich setzte sich Nanni aufs Bett. Sie wusste ja, dass Hanni recht hatte. Andererseits fand sie ihre Sorge auch ein bisschen übertrieben. Schließlich traf sie sich ja nur mit Ben. Und das Café lag gleich um die Ecke. Was sollte schon passieren? Sie zuckte mit den Schultern, nahm ebenfalls ihren Waschbeutel und folgte Hanni. Ich hätte vielleicht nicht sagen sollen, dass sie eifersüchtig ist, dachte sie. Aber dafür entschuldige ich mich später.

Schweigend standen die Zwillinge nebeneinander im Badezimmer und putzten sich die Zähne, als Lilly hereinplatzte.

„Wo bleibt ihr denn?", rief sie aufgeregt. „Ich hab euch schon überall gesucht. Daniela hat große Neuigkeiten."

„Nanni auch", sagte Hanni und warf ihrer Schwester einen finsteren Blick zu.

„Ach ja?", fragte Lilly. „Aber bestimmt nicht solche wie Daniela. Los, kommt schon!"

Zu dritt gingen sie ins gegenüberliegende Zimmer, in dem Erika, Lilly und Daniela untergebracht waren.

„... und ich werde ihn nachher noch mal anrufen", sagte Daniela gerade, als sie eintraten. Sie saß mit Erika auf dem Bett.

„Wen anrufen?", fragte Hanni.

„Stellt euch vor!", rief Lilly. Sie hüpfte vor Aufregung von einem Fuß auf den anderen. „Daniela kann tatsächlich Karten für eine Modenschau bei der Fashion Week besorgen! Ist das nicht cool?"

Hanni und Nanni staunten. Albin Turov, Ben und ihr Streit waren für kurze Zeit vergessen.

„Wie hast du denn das geschafft?", fragte Nanni.

„Tja", sagte Daniela gelassen, „man muss eben die richtigen Beziehungen haben ..."

Hanni verdrehte die Augen. „Jetzt sag schon ..."

Daniela lachte. „Ich hab gestern Abend meinen Vater angerufen. Und der kennt natürlich jede Menge Leute in der Modebranche." Sie stand auf und zog ein rosa Top aus dem Kleiderschrank. „Jedenfalls hat er gesagt, dass er mal schaut, was sich machen lässt. Und dass er es wahrscheinlich organisieren kann."

Beiläufig hielt sie sich das Top vor ihren Pullover. „Wie findet ihr das?"

„Ziemlich rosa", sagte Hanni und erntete einen bösen Blick von Daniela.

„Hanni Sullivan, ich muss mir auch noch überlegen, wen ich mitnehme", sagte sie von oben herab und stopfte das Top zurück in den Schrank.

„Da scheide ich jetzt wohl aus", meinte Hanni und lachte.

„Du hast doch gesagt, dass du *mich* mitnimmst!", rief Lilly. „Du nimmst mich doch mit, nicht wahr?"

„Also, so wie ich das verstanden habe, ist noch gar nicht raus, ob es überhaupt klappt, oder?", warf Erika ein.

„Ich würde eher mal sagen, es kommt darauf an, wie viele Karten mein Vater bekommt", sagte Daniela. „Aber die Zwillinge scheinen ja kein Interesse zu haben." Sie sah Nanni an.

„Also, ich ... ich ... weiß nicht ...", stotterte Nanni. „Wann ist das noch mal?"

„Heute Abend." Daniela runzelte misstrauisch die Stirn. „Du willst doch nicht etwa sagen, du hättest was Besseres vor, oder?"

„N-n-nein." Nanni wurde rot.

Hanni sah sie genervt an. „Wisst ihr eigentlich, dass ein berühmter Maler hier im Haus gewohnt hat?", fragte sie, um die anderen abzulenken. „Albin Turov. Und zwar in dem Zimmer von Nanni und mir. Irgendwo müssen hier noch sehr wertvolle Bilder von ihm versteckt sein. Und die müssen wir finden."

Doch niemand wollte etwas über Albin Turov hören. Alle waren ganz wild auf die Modenschau.

Kurz bevor es Zeit fürs Frühstück war, sprang Daniela auf. „Ich halte es nicht mehr aus!“, rief sie. „Ich gehe jetzt auf der Stelle zu Suzanne und frage sie, ob ich von ihrem Büro aus meinen Vater anrufen kann.“

„Warte!“ Lilly rannte hinter ihr her. „Ich komme mit!“ In der Tür drehte sie sich kurz um. „Weißt du, Hanni, für deine Bildersuche: Meistens sind sie flach und hängen an der Wand.“

„Ja, danke“, sagte Hanni. „Toller Tipp, Lilly.“

Aber Lilly war schon auf der Treppe.

Als alle beim Frühstück saßen, gab Mademoiselle Bertoux den Tagesplan bekannt. Die Zwillinge und Erika hörten jedoch kaum zu. Gespannt warteten sie auf Daniela und Lilly.

„... und dann steigen wir am Trocadéro aus und gehen von dort hinunter zum Tour Eiffel, dem Eiffelturm. Bitte passt auf, dass wir alle zusammenbleiben, es sind immer sehr viele Leute da“, sagte Mademoiselle Bertoux gerade, als die Tür aufging und Daniela mit Lilly im Schlepptau hereinkam. Es war ihnen absolut nicht anzusehen, ob es mit den Karten für die Modenschau geklappt hatte.

„Ah, Mademoiselle Daniela“, empfing die Französischlehrerin sie. „Und Lilly. Fast pünktlich ...“ Sie wollte ihre kleine Uhr herausziehen. Dabei fiel ihr ein, dass die ja in der gestohlenen Tasche gewesen war und jetzt irgendeinem Gauner die Uhrzeit verriet. Sie seufzte schmerzlich auf. „Bitte, setzt euch auf eure Plätze."

Die beiden folgten ihrer Aufforderung. Lilly hatte draußen vor Suzannes Büro gewartet und wusste auch noch nicht, ob Daniela die Karten bekommen hatte. Sie platzte beinahe vor Neugier.

„Und? Und? Und?", fragte sie mit mühsam unterdrückter Aufregung. „Hast du die Karten?" Auch Erika, Hanni und Nanni sahen Daniela erwartungsvoll an.

Daniela hob die Augenbrauen und lächelte. „Ja", sagte sie.

„Suuuper!", rief Lilly laut.

Mademoiselle Bertoux zuckte erschrocken zusammen. „Lilly, was soll denn das Geschrei?"

Lilly hielt sich die Hand vor den Mund. „Entschuldigung, Mademoiselle Bertoux", murmelte sie.

„Du scheinst dich gar nicht zu freuen", sagte Erika zu Daniela. „Was ist denn los?" Eigentlich hatte sie gedacht, Daniela würde einen Freudentanz aufführen.

„Ich muss jemanden mitnehmen", sagte Daniela zähneknirschend.

„Na ja", meinte Nanni, „du hast ja wohl nicht gedacht, dass du allein auf die Modenschau gehen darfst, oder?"

Hanni sah ihre Schwester erstaunt an. „So?", fragte sie. „Du denkst doch auch, du könntest ..."

Ein Stoß mit dem Ellbogen brachte Hanni zum Schweigen.

„Du wolltest doch mich mitnehmen", sagte Lilly nervös.

„Ja, ja." Daniela warf ärgerlich ihre blonden Haare zurück. „Das Problem ist, dass außerdem eine erwachsene Begleitperson dabei sein muss. Das ist die Bedingung meines Vaters, sonst bekomme ich die Karten nicht. Ich wollte eigentlich Suzanne fragen, das wäre super gewesen. Aber mein Vater besteht darauf, dass eine Lehrerin uns begleitet. Und wer bleibt da übrig?"

„Mademoiselle Bertoux", sagten alle wie aus einem Mund. Sie blickten hinüber zu der Französischlehrerin, die genüsslich ein Croissant in ihren Café au Lait tauchte.

„Genau." Daniela rümpfte die Nase. „Gibt es was Schrecklicheres, als mit Mademoiselle Bertoux auf eine Modenschau zu gehen?"

„Vielleicht Frau Mägerlein?", schlug Erika vor. Alle lachten.

„Allerdings", meinte Lilly. Sie fand Mademoiselle Bertoux eigentlich gar nicht schrecklich. Die Französischlehrerin liebte wie sie den Tanz und das Theater und war außerdem immer gut gelaunt. Sie war zwar etwas rundlich und ihre Kleider waren oft ein bisschen ausgefallen ... Aber für Lilly war das kein Grund, nicht mit ihr auf eine Modenschau zu gehen.

„Na ja, was bleibt mir anderes übrig? Ich frage sie mal", sagte Daniela und ging zu ihr hinüber. Gespannt beobachteten sie die anderen.

Mademoiselle Bertoux sah von ihrem Kaffee auf und hörte Daniela zu. Plötzlich fiel ihr das Croissant aus der Hand und sie sprang auf. Hanni stieß Erika an und musste kichern.

„Vraiment?“, rief die Lehrerin völlig aus dem Häuschen. „Tatsächlich? Das ist ja ... Das ist ja ... magnifique ... wunderbar!“ Sie fasste Daniela bei den Händen. „Natürlisch begleite isch euch, meine Täubschen. Mit dem größten Vergnügen. Ach, das wird ’errlisch. Eine Modenschau in Paris, welche Freude!“

Die Begeisterung von Mademoiselle Bertoux versöhnte auch Daniela schnell mit dem Gedanken, dass sie mit ihrer Lehrerin auf die Fashion Week gehen musste.

Mademoiselle Bertoux überlegte nicht lange. Sie bat noch einmal um Ruhe und verkündete stolz, dass sie heute Abend mit Daniela und Lilly zu einer Modenschau gehen würde. Und weil nicht alle dabei sein konnten, verschob sie die Besichtigung des Eiffelturms und schlug stattdessen einen Bummel über die Champs-Élysées vor, um sich die Läden und Cafés anzuschauen. Anschließend wollte sie mit der ganzen Klasse auf den Flohmarkt von Saint-Ouen fahren, damit alle ein bisschen shoppen konnten. Diese Planänderung wurde mit großer Begeisterung aufgenommen und alle beeilten sich, mit dem Frühstück fertig zu werden.

Wenig später standen sie auf der Champs-Élysées und betrachteten staunend die Schaufenster der teuren Boutiquen. Wie immer war auf den Straßen und in den Cafés viel los und Mademoiselle Bertoux war vollauf damit beschäftigt, die Mädchen zusammenzuhalten.

Dann gingen sie in die Galeries Lafayette, ein riesiges Kaufhaus, aus dem Mademoiselle Bertoux mit einigen Tüten wieder herauskam.

„Meine Ausstattung für 'eute Abend", erklärte sie geheimnisvoll und war um keinen Preis dazu zu bewegen, den Inhalt zu zeigen. „Ihr werdet schon sehen", sagte sie nur und lachte.

Schließlich fuhren sie mit der Métro nach Saint-Ouen zum Flohmarkt. Das war ein wahres Paradies. Dort gab es wirklich alles, von Schmuck und Hüten, Jacken und Shirts bis hin zu alten Schuhen und antiken Möbeln. Nanni kaufte sich eine ausgefallene Bluse und einen Rock, Daniela eine Hose mit Nieten. Lilly fand eine alte Lederjacke, die sie zur Modenschau anziehen wollte, und Erika eine coole Sonnenbrille. Nur Hanni hatte keine große Lust, etwas zu kaufen. Den ganzen Tag hatte sie nicht mit Nanni gesprochen. Und Nanni nicht mit ihr. Im Gegenteil: Sie waren sich möglichst aus dem Weg gegangen. Es kam sehr selten vor, dass sich die beiden stritten, aber wenn, dann hatte Hanni furchtbar schlechte Laune. Sie versuchte zwar, sich nichts anmerken zu lassen, aber Erika spürte doch, dass etwas nicht stimmte. Sie sagte nichts und nahm sich vor, Hanni später danach zu fragen. Und so kehrten alle am frühen Abend erschöpft und voll bepackt mit Einkaufstüten wieder ins Hotel zurück.

„Na, das hat sich ja gelohnt!", rief Philippe, der mit Suzanne in der Lobby plauderte.

„Nur du hast nichts gekauft." Suzanne sah Hanni an.

„Nee, hatte keine Lust", meinte Hanni und beeilte sich, in ihr Zimmer zu kommen.

„Sie hat schlechte Laune", sagte Erika. „Und ich bekomme schon heraus, warum. Hanni kann eigentlich nie lange so drauf sein. Sonst platzt sie."

Suzanne warf Philippe einen vielsagenden Blick zu und lächelte. „Da kenne ich noch jemanden", sagte sie.

„Moment mal …", protestierte Philippe. „Das kann gar nicht sein … Ich habe überhaupt nie schlechte Laune."

Erika lachte. „Ich schau mal nach ihr …"

Sie folgte Hanni nach oben. Aber anders als erwartet hatte Hanni überhaupt keine Lust, mit ihr zu reden. Sie lag mit einem Buch auf dem Bett und schickte Erika mit ein paar unfreundlichen Worten wieder hinaus.

Erika kannte Hanni schon lange. So aufbrausend sie sein konnte, so schnell tat es ihr auch wieder leid. Also war sie ihr nicht böse und ging nach unten in ihr Zimmer, wo Daniela, Lilly und Nanni ihre Einkäufe auspackten. Daniela und Lilly waren schon dabei, ihr Outfit für die Modenschau zusammenzustellen.

„Was ist denn mit Hanni los?", flüsterte Erika Nanni zu. „Habt ihr Streit?"

„Ach …" Nanni winkte ab. „Nicht so richtig." Plötzlich hatte sie es eilig. „Ich muss jetzt auch mal nach oben …" Sie wollte Erika auf keinen Fall von ihrer Verabredung erzählen.

Doch statt nach oben zu gehen, schlich Nanni ins Badezimmer, um sich zurechtzumachen, bevor Lilly und Daniela hereinkamen. Sie war sicher, dass zumindest Daniela sich für die Modenschau ordentlich aufbrezeln würde und das Bad bestimmt eine halbe Stunde besetzt wäre. Und sie wollte unbedingt verhindern, dass jemand mitbekam, was sie vorhatte …

Also beeilte sie sich und trug ein bisschen Kajal, Wimperntusche und Lipgloss auf. Anschließend betrachtete sie das Ergebnis im Spiegel.

„Na, also", sagte sie zufrieden. „Gar nicht so schlecht." Sie zog den Rock und die Bluse an, die sie auf dem Flohmarkt gekauft hatte, raffte ihre alten Klamotten zusammen und eilte die Treppe hinauf. Gerade noch rechtzeitig: Als sie oben ankam, hörte sie, wie sich unten eine Tür öffnete und Lilly und Daniela lachend ins Bad gingen.

„Puuh." Ein bisschen außer Atem lehnte sie sich mit dem Rücken gegen die Tür. Dann betrat sie leise das Zimmer. Hanni lag immer noch lesend auf dem Bett.

Oje, dachte Nanni, sie ist immer noch sauer. Sie ging zum Schrank und holte ihre Baskenmütze und den Mantel heraus. Vor dem kleinen Spiegel über dem Waschbecken setzte sie die Mütze auf und rückte sie zurecht. Dann drehte sie sich schwungvoll um.

„Na, wie sehe ich aus?", rief sie und bemühte sich, fröhlich zu klingen. Sie stellte sich vors Bett und breitete die Arme aus.

Hanni warf einen kurzen Blick auf sie und sah dann wieder in ihr Buch. „Ziemlich genau wie ich", brummte sie.

Nanni stand einen Moment lang da und wusste nicht, was sie sagen sollte. „Phh", machte sie dann, drehte sich um und ging.

Ein ereignisreicher Abend

Nanni war noch keine fünf Minuten zur Tür hinaus, als es klopfte und Mademoiselle Bertoux eintrat. Hanni sah von ihrem Buch auf und staunte nicht schlecht. Die Französischlehrerin hatte sich für die Modenschau wirklich etwas einfallen lassen. Sie trug einen türkisfarbenen Turban, eine blau schimmernde Seidenjacke und eine weite elfenbeinfarbene Hose. Ihre Füße steckten in gelben Lederschuhen. Mademoiselle Bertoux sah aus wie der rundliche Leibwächter eines indischen Maharadschas.

„Wow", sagte Hanni nur.

Mademoiselle Bertoux lächelte geschmeichelt. „Gefällt dir mein Anzug, 'anni?", fragte sie.

„Also, der ist echt super", sagte Hanni beeindruckt und legte das Buch aus der Hand. „Und so schön bunt."

„Nicht wahr?" Mademoiselle Bertoux drehte sich einmal um die eigene Achse. Dann sah sie sich im Zimmer um. „Wo ist Nanni?"

Hanni starrte sie entsetzt an. „Äh ... Nanni?", stotterte sie, als würde sie den Namen zum ersten Mal hören.

„Ja. Deine Schwester." Die Lehrerin runzelte die Stirn.

„Sie wohnt ’ier mit dir im Zimmer. Und ich möchte euch alle gerne noch einmal sehen, bevor ich gehe. Bitte bleibt im Hotel, während ich weg bin. Es wird nicht lange dauern, vielleicht zwei Stunden. Suzanne geht mit euch zum Essen ’inüber zu Philippe. Und wenn irgendetwas sein sollte, sie bleibt ’eute Abend auf jeden Fall so lange an der Rezeption, bis ich wieder da bin. Das ’at sie mir versprochen."

„Ja, okay." Hanni nickte. Sie überlegte fieberhaft, was sie jetzt sagen sollte. So, wie es aussah, würde Nannis Treffen mit Ben auffliegen, bevor es überhaupt begonnen hatte. Aber das war ja nicht ihr Problem ... Sollte Nanni doch selbst sehen, wie sie aus diesem Schlamassel wieder herauskam.

Hanni nahm einfach wieder ihr Buch in die Hand und blätterte mit leicht zitternden Fingern eine Seite um.

„Nun?", fragte Mademoiselle Bertoux irritiert.

„Was, nun?", fragte Hanni und schaute auf. Sie hielt es für das Beste, sich dumm zu stellen, und tat so, als sei sie überrascht, dass die Lehrerin immer noch im Zimmer stand.

„Wo *ist* Nanni?" Mademoiselle Bertoux wurde zunehmend ungeduldig.

„Ach so." Hanni atmete tief durch. Sie brachte es einfach nicht übers Herz, Nanni zu verraten. Aber wie sollte sie ... Plötzlich kam ihr eine Idee. „Sie ist im Bad", sagte sie. Wenn alles herauskam, würden sie eben, wie so oft, beide in der Tinte sitzen.

„Im Bad?" Mademoiselle sah Hanni verdutzt an.

„Ja, im Bad. Sie wäscht sich die Haare." Etwas Besseres fiel Hanni auf die Schnelle nicht ein.

„Na gut", sagte die Lehrerin achselzuckend. „Dann komme ich in ein paar Minuten wieder. Aber viel Zeit 'abe ich nicht mehr. Wir müssen bald los."

Sobald sie aus dem Zimmer gegangen war, setzte sich Hanni auf. Was sollte sie nur tun? Spätestens wenn Mademoiselle Bertoux wiederkam, würde sie bemerken, dass etwas nicht stimmte. Hanni dachte krampfhaft nach und auf einmal fiel ihr etwas ein.

„Na, klar!", rief sie und schlug sich gegen die Stirn. „Der Zwillingstrick." Sie sprang auf und holte ein Handtuch aus dem Schrank. Dann stellte sie sich an das Waschbecken und hielt den Kopf unter den Wasserhahn. Anschließend rubbelte sie ihre Haare halb trocken und band sich das Handtuch wie einen Turban um den Kopf. Sie legte sich gerade noch rechtzeitig auf Nannis Seite aufs Bett und schlug die Beine übereinander, bevor es wieder klopfte. Es war Mademoiselle Bertoux und sie hatte Lilly, Daniela und Erika im Schlepptau, die neugierig ins Zimmer linsten.

„Nanu", sagte sie, „ist Nanni immer noch nicht da?"

Hanni sah sie verwundert an. „Wieso?", fragte sie erstaunt. „Hier bin ich doch."

„Wie?" Mademoiselle Bertoux bekam große Augen. „Und wo ist jetzt …?"

„Wenn Sie Hanni suchen, die ist im Bad. Ich bin Nanni",

sagte Hanni. Sie betrachtete die Lehrerin von oben bis unten. „Tolle Kleider", fuhr sie fort, als würde sie Mademoiselle Bertoux' farbenfrohe Aufmachung zum ersten Mal sehen.

„Wie? Was?" Die Lehrerin war offensichtlich verwirrt. Gerade eben hatte doch Hanni auf dem Bett gelegen ... Ach, sie würde es nie schaffen, die Zwillinge auseinanderzuhalten!

„Aber das ist ...", sagte Daniela erstaunt. Die Mädchen hatten natürlich gesehen, dass es Hanni war, die da auf dem Bett lag. Doch bevor sie weiterreden konnte, gab Erika ihr einen unsanften Stoß. Sie hatte schnell geschaltet: Es musste ja einen Grund geben, warum Hanni sich für Nanni ausgab.

Mademoiselle Bertoux stand etwas unentschlossen in der Tür und überlegte. Sollte sie auf Hanni warten? Sie konnte ja nicht ewig im Bad bleiben. Erika und Lilly tauschten hinter ihrem Rücken einen vielsagenden Blick.

„Mademoiselle Bertoux", sagte Lilly, „wir müssen los. Wenn wir zur Modenschau zu spät kommen, lassen sie uns garantiert nicht mehr rein."

Damit war die Sache entschieden.

„Diese Zwillinge ...", murmelte die Lehrerin und klatschte in die Hände. „Auf geht's!", fuhr sie fort. „Vite, vite, schnell, schnell!" Sie schob Daniela, Erika und Lilly aus dem Zimmer.

In der Tür drehte sie sich noch einmal zu Hanni um. „Nach dem Essen geht ihr gleich auf euer Zimmer. Versprochen?"

„Aber natürlich, Mademoiselle Bertoux", sagte Hanni brav. „Ich sage es auch Hanni."

„Du sagst es ...?“ Die Lehrerin nickte schicksalsergeben. Wer von den Zwillingen sich auch immer im Bad befinden sollte, die Hauptsache war doch, dass beide im Hotel waren.

„Nun kommen Sie schon“, drängte Lilly.

Und dann waren sie endlich weg. Hanni atmete tief durch. Das war gerade noch mal gut gegangen. Doch wenige Augenblicke später klopfte es erneut an der Tür. Hanni blieb beinahe das Herz stehen. Das würde doch hoffentlich nicht wieder Mademoiselle Bertoux sein?

„Herein“, hauchte sie fast unhörbar.

Die Tür öffnete sich einen Spalt und Erika huschte leise herein.

„Puuh“, stieß Hanni erleichtert aus. „Du bist es. Musst du mich so erschrecken? Ich dachte schon, Mademoiselle Bertoux kommt zurück.“

„Sie sind weg“, sagte Erika und setzte sich zu Hanni aufs Bett. „Was treibt ihr denn wieder? Und wo ist Nanni? Ihr könnt von Glück sagen, dass Frau Mägerlein nicht hier ist.“

Hanni sah Erika erschrocken an. Nicht auszudenken ... Die misstrauische Frau Mägerlein wäre ihr sicher auf die Schliche gekommen.

Nachdem Erika hoch und heilig versprochen hatte, niemandem auch nur ein Sterbenswörtchen zu verraten, erzählte Hanni ihr die ganze Geschichte.

„... und dann ist Nanni einfach abgehauen“, beendete sie empört ihren Bericht. „Und lässt mich hier sitzen. Eigentlich wollte ich ihr gar nicht helfen, weil ich wirklich sauer auf sie bin. Aber dann … Ich konnte sie doch nicht verraten." Sie sah Erika unsicher an.

„Wie romantisch", sagte Erika und bekam einen schwärmerischen Blick.

„Romantisch?" Hanni war außer sich. „Sie gefährdet unsere Klassenfahrt, nur um sich mit Ben zu treffen. Wie kann man nur … Wegen eines Jungen … Verstehst du das?"

Erika lächelte. „Ein bisschen schon", sagte sie und wurde rot.

Hanni starrte sie mit offenem Mund an. „Was soll denn das heißen?"

„Na ja … erinnerst du dich an Ian?", fragte Erika.

„Ian?" Hanni schüttelte den Kopf. „Wer ist das denn schon wieder?"

„Einer von den englischen Jungs aus Tottingham, bei denen wir letztes Jahr zu Besuch waren. Der mit den roten Haaren, der Gitarre spielt."

Hanni nickte. Jetzt erinnerte sie sich an Ian. „Ja", sagte sie nachdenklich. „Und?

„Nun ja, wir schreiben uns immer noch SMS. Und er schickt mir ab und zu einen Link zu einem Song, den er gemacht hat … Ich meine …" Erika senkte den Blick. „Ich erzähle ihm viel, und er mir. Und ich weiß nicht, was ich machen würde, wenn er in Paris wäre."

„Du?" Hanni traute ihren Ohren nicht. Die ruhige, immer

vernünftige Erika würde die Klassenfahrt aufs Spiel setzen, nur um einen Jungen zu treffen? „Ach was. So ein Unsinn."

Hanni wollte nichts mehr davon hören. Und für Nanni konnte sie nur hoffen, dass niemand ihr Verschwinden bemerkte.

Nachts sah Paris ganz anders aus. Daniela und Lilly staunten nicht schlecht, als sie aus der Métro kamen und auf der Champs-Élysées standen. Alles war erhellt, jedes der riesigen, alten Häuser erstrahlte in schwelgerischem Glanz. Zwischen den Bäumen der breiten Allee leuchtete eine fast endlose Reihe von Straßenlaternen. Die Straße kam ihnen noch voller vor als am Mittag.

Nicht nur Mademoiselle Bertoux hatte sich für den Abend herausgeputzt. Daniela hatte ihre blonden Haare zu losen Zöpfen geflochten und nach hinten gesteckt. Mit ihrem langen, rüschenbesetzten Kleid sah sie aus wie ein Engel in Rosa. Lillys Styling war weniger märchenhaft. Sie hatte die abgewetzte Lederjacke vom Flohmarkt angezogen, dazu trug sie einen Minirock und karierte Strumpfhosen. Alle drei freuten sich wie verrückt auf die Modenschau.

„Alors!", rief Mademoiselle Bertoux, nachdem sie sich an das Licht der Pariser Nacht gewöhnt hatten. „Dort müssen wir lang." Wie ein General zeigte sie in eine Richtung und marschierte los. Lilly und Daniela folgten ihr bis zu einem riesigen Gebäude, das wie ein Palast aussah. Vor der breiten

Eingangstreppe hatte sich eine Menschenmenge versammelt. Die Lehrerin ging kurz entschlossen an allen vorbei. Oben an der Tür klopfte sie einem jungen Herrn im dunklen Anzug auf die Schulter. Erstaunt drehte er sich um.

„Entschuldigen Sie", sagte Mademoiselle Bertoux, „wir haben Karten für die Modenschau. Wo ist denn hier die Abendkasse?"

„Abendkasse?" Der junge Mann sah sie mit großen Augen an. „Hier gibt es keine Abendkasse, Madame."

„Mademoiselle", korrigierte ihn die Französischlehrerin. „Danielas Vater", sie zeigte auf Daniela, die hinter ihr stand, „hat Karten für uns reserviert. Er ist in der Modebranche."

Der junge Mann warf Daniela einen zweifelnden Blick zu. „Wirklich?", fragte er.

„Wirklich", bestätigte Mademoiselle Bertoux.

„Nun ja." Der junge Mann zuckte mit den Schultern. „Ich werde mal sehen, was ich tun kann." Damit verschwand er durch die Tür und hinter einem großen schwarzen Vorhang.

Daniela und Lilly trippelten nervös auf der Stelle. Es würde doch nicht in letzter Sekunde noch etwas schiefgehen? Das wäre eine Katastrophe. Sie warfen Mademoiselle Bertoux einen besorgten Blick zu, aber die lächelte beruhigend. Auf einmal war es Daniela ganz recht, dass die Lehrerin dabei war. Inmitten des Trubels und all der schicken Menschen, die hier herumstanden, kam sie sich ziemlich verloren vor.

Kurze Zeit später kam der junge Mann zurück. „Mademoiselle Bertoux?", fragte er.

„Oui. Ja", sagte Mademoiselle Bertoux.

„Folgen Sie mir. Ich habe drei Plätze für Sie."

Lilly und Daniela mussten sich beherrschen, um nicht laut zu jubeln. Sie nahmen sich an ihrer Lehrerin ein Beispiel, die dem Mann mit der größten Selbstverständlichkeit folgte.

Drinnen blieben sie aber doch zunächst überwältigt stehen. Der Anblick verschlug ihnen den Atem. Der hohe, verglaste Saal war dekoriert wie ein riesiges Gewächshaus. Lichtes Grün und pastellfarbene Blumen sprossen überall. Der ganze Raum war erhellt von durchscheinendem, elfenhaftem Licht. In der Mitte zog sich ein hoher Laufsteg durch den Raum und zu beiden Seiten standen lange Reihen von Stühlen.

Der junge Mann brachte sie zu ihren Sitzen und bat sie, Platz zu nehmen. Sie saßen zwar ziemlich weit weg vom Laufsteg, konnten aber auch von dort das ganze Geschehen bestens überblicken.

Langsam füllte sich der Saal. All die elegant gekleideten Menschen strömten herein und suchten unter Geplauder und Lachen ihre Sitzplätze. Nach einiger Zeit wurde es ruhiger und schließlich ging das Licht aus. Alles lag im Dunkeln, bis auf den Laufsteg, der von hellen Strahlern beleuchtet wurde. Eine zarte, frühlingshafte Musik setzte ein und kurz darauf marschierten zwei Reihen junger Männer herein, die wie Gärtner gekleidet waren.

„Na toll“, flüsterte Lilly spöttisch. „Wir sind auf der Landesgartenschau gelandet.“

„Psst“, machte Daniela nur. Sie war völlig gebannt von dem Geschehen da vorne. Wahrscheinlich hätte eine Horde Paviane über den Steg hüpfen können, sie hätte es trotzdem toll gefunden.

Doch mit dem Einmarsch der Gärtner, der von den Zuschauern laut beklatscht wurde, ging die Musik plötzlich über in einen wuchtigen Hip-Hop-Beat, die Gärtner nahmen die Schürzen ab, schwenkten sie über den Köpfen und präsentierten die neue Kollektion von Hemden und Hosen. Dazu tanzten sie ein paar schnelle Breakdance-Einlagen.

„Wow“, flüsterte Lilly beeindruckt. „Coole Choreografie.“

Die Gärtner gingen zurück in den Backstagebereich, dann kamen die Models. Engelsgleich schwebten sie eine nach der anderen herein, manchmal auch zu zweit oder dritt. Sie stolzierten mit ausladendem Hüftschwung über den ganzen Laufsteg nach vorne, drehten sich ein-, zweimal um die eigene Achse und verschwanden wieder.

Atemlos folgten Lilly, Daniela und Mademoiselle Bertoux jedem Model mit den Blicken und stimmten begeistert in den Jubel und Applaus ein, die immer wieder aufbrandeten.

Dann herrschte kurze Zeit Stille und wieder erklang eine andere Musik. Ein einzelnes Model erschien in einem atemberaubenden weißen Kleid mit einer langen Schleppe.

„Das ist das Brautkleid“, flüsterte Mademoiselle Bertoux. „Das Finale.“

Lilly und Daniela hatten schon eine ganze Weile kein Wort mehr gesagt. Sie waren zutiefst beeindruckt von dem Auftritt der Models, ihrer Schönheit, den Kleidern ...

Würdevoll schritt das Model bis in die Mitte des Laufstegs und drehte sich langsam unter dem tosenden Beifall der Zuschauer. Ein strahlendes Lächeln erschien auf ihrem Gesicht, dann ging sie zurück. Hinter dem Vorhang trat ein Mann in einem schlichten schwarzen Anzug hervor und der Beifall nahm noch einmal deutlich zu. Er streckte beide Hände aus, nahm das Model in die Arme und die beiden hauchten sich die typischen Bisous auf die Wangen. Nun gab es kein Halten mehr. Die Zuschauer sprangen auf, applaudierten wie wild und brachen in Bravorufe aus.

„C'est le maître!“, rief die Nachbarin von Mademoiselle Bertoux, als sie den ratlosen Gesichtsausdruck der Lehrerin sah.

„Ah, es ist der Designer“, erklärte sie Lilly und Daniela. „Der Mann im schwarzen Anzug.“

Die Mädchen reckten die Hälse, aber der Designer war längst in der Menge der Models verschwunden, die inzwischen ebenfalls auf den Laufsteg gekommen waren. Auch sie klatschten alle in die Hände, um ihn zu feiern. Er verbeugte sich kurz und lächelte.

Der Applaus dauerte lange, aber schließlich ebbte er ab.

Das Saallicht ging an und wie zu Anfang ertönte die frühlingshafte Musik. Die ersten Zuschauer strömten dem Ausgang zu. Für Lilly und Daniela war es, als erwachten sie aus einem wunderschönen bunten Traum.

„Ach, schade", seufzte Lilly. „Schon vorbei." Sie schob die Sonnenbrille, die sie sich ins Haar gesteckt hatte, vor die Augen.

„Schon?" Mademoiselle Bertoux lachte. „Es ist schrecklich spät. Wir müssen uns beeilen, um schleunigst ins Hotel zurückzukommen. Ich muss nur noch kurz eine Toilette suchen. Kommt, bestimmt gibt es eine vorne im Foyer."

Daniela sagte gar nichts. Völlig gefangen von ihren Eindrücken folgte sie den beiden.

Im Foyer herrschte großer Trubel. Mademoiselle Bertoux sah sich suchend um und entdeckte schließlich ein Schild, das den Weg zu den Toiletten wies.

„Bleibt hier stehen", schärfte sie Lilly und Daniela ein. „Bewegt euch nicht vom Fleck. Ich bin sofort wieder da."

Die beiden nickten. Warum sollten sie auch von hier weggehen? Es gab so viel zu sehen und zu bestaunen. Überall standen Gruppen von Leuten zusammen, lachten und plauderten. Kellner eilten flink durch die Menge und servierten Champagner.

„Lilly", sagte Daniela, „das ist der schönste Tag meines Lebens." Sie konnte kein Auge von dem Trubel in der Halle wenden. Aber immerhin hatte sie ihre Sprache wiedergefunden.

Lilly nickte. „Cool", meinte sie. „Und vielen Dank noch mal. Das war wirklich toll."

Ein Kellner kam vorbei und hielt ihnen sein Tablett hin. Erschrocken winkten sie ab.

„Ach, sieh mal, John", hörten sie kurz darauf eine hohe, näselnde Stimme hinter sich. „Sind die nicht niedlich? Was Karl oder Tom wohl dazu sagen würden?"

„Und sie trinken noch nicht mal ein Glas Champagner", sagte eine andere Stimme.

Erstaunt drehten sich die Mädchen um. Lilly schob ihre Sonnenbrille nach oben, um besser sehen zu können. Vor ihnen standen zwei junge Männer in leicht glänzenden dunkelgrauen Anzügen und musterten sie eingehend.

„Na, ihr beiden", sagte der mit der näselnden Stimme. Er hatte krause Haare und einen schmalen Oberlippenbart. „Ihr seht ja fast so aus, als wärt ihr bei der Schau gerade mitgelaufen. Da kann man doch nicht so einsam in der Ecke stehen."

„Wir … wir sind nur zu Besuch", stotterte Lilly.

„Nur zu Besuch?", fragte der andere. Er hatte die Haare mit Gel nach hinten gekämmt und trug wie Lilly eine Sonnenbrille. „Das kann doch nicht sein. Ihr seid ja perfekt."

Lilly runzelte die Stirn. „Perfekt?"

„Ja. Perfekt. Also, nahezu. Ein Model wird immer erst perfekt durch den Fotografen. Und das bin ich. Claude", sagte der mit den Locken. „Hier haben wir den Engel", er deutete auf Daniela, „und hier den Bösewicht", er deutete auf Lilly mit ihrer Lederjacke. „Wir machen Probeaufnahmen mit euch, wenn ihr wollt."

Daniela sah die beiden fasziniert an. Sie traute ihren Ohren nicht. „Echt?"

John und Claude nickten.

„Wow", rief Daniela und stupste Lilly an. „Warum nicht? Wir sind ja noch ein paar Tage in der Stadt."

Lilly lachte und schüttelte den Kopf. „Danke, das ist sehr nett", sagte sie, „aber ich will kein Model werden. Ich werde mal Choreografin."

„Mädchen, sei nicht albern", rief John. „Es ist *die* Chance, von Claude fotografiert zu werden. Hier ist meine Karte." Er hielt den beiden eine Visitenkarte hin.

„Die nehme ich." Unbemerkt war Mademoiselle Bertoux von der Toilette zurückgekommen und nahm John die Karte aus der Hand. „Und wenn Sie ein Model brauchen, Messieurs, dann können Sie jederzeit *mich* anrufen." Sie baute sich mit ihrer ganzen Körperfülle vor den beiden auf.

„Aber Mademoiselle ...!", rief Daniela verzweifelt. Sie hatte sich schon als das neue Supermodel über den Laufsteg stolzieren sehen.

„Nichts da", sagte die Lehrerin entschieden. „Wir gehen. Und von Ihnen beiden", sie wandte sich an John und Claude, „will ich nichts mehr 'ören. Klar?"

„Madame, wenn wir gewusst hätten, dass die beiden einen Leibwächter dabeihaben, hätten wir es nie gewagt, auch nur ein Wort zu sagen“, beteuerte John und zwinkerte Claude zu.

„Unverschämtheit.“ Mademoiselle Bertoux packte Lilly und Daniela an den Händen und zog sie schleunigst mit sich aus dem Foyer. „Und es ’eißt Mademoiselle.“

Draußen fing Daniela zu weinen an. Mademoiselle Bertoux sah sie erstaunt an.

„Was ist denn los? Ich dachte, das war ein wunderschöner Abend für dich?“

„Das war es auch, bis Sie ihn zerstört haben“, schluchzte Daniela.

Lilly verdrehte die Augen. „Also, ehrlich, Daniela“, sagte sie. „Die zwei quatschen wahrscheinlich jede an.“

„Das ist nicht wahr!“, schrie Daniela außer sich. „Sie wollten Probeaufnahmen von mir machen.“

Mademoiselle Bertoux schüttelte den Kopf. „Aber was denkst du dir bloß?“, rief sie. „Du bist doch viel zu jung. Du gehst noch zur Schule ... Was für ein Unsinn, über einen Steg zu gehen und Kleider vorzuführen. Das ist doch kein Leben ...“

„Aber Sie waren doch selbst so begeistert“, sagte Daniela trotzig.

„Ja, sischer. Es war wunderschön. Aber Daniela, du ’ast doch viel mehr Möglischkeiten. Du kannst viel mehr aus dir machen. Und du solltest dankbar dafür sein. Wenn du Model werden willst, kannst du das später immer noch.“

„Ich will es aber jetzt." Daniela stampfte mit dem Fuß auf.

Immerhin hatten Mademoiselle Bertoux' Worte sie wenigstens so weit beruhigt, dass sie endlich zurück ins Hotel fahren konnten. Und dort gingen alle schnurstracks ins Bett. Mademoiselle Bertoux und Lilly schliefen sofort ein und träumten von den wunderbaren Kleidern, die sie gesehen hatten. Und auch Daniela träumte davon ... nachdem sie noch ein paar Tränen in ihr Kissen vergossen hatte.

Große Enttäuschungen

Es war schon sehr spät am Abend und das ganze Hotel lag in tiefem Schlaf, als in Hannis Zimmer leise die Tür aufging und ein dunkler Schatten hereinhuschte. Einen Augenblick blieb er atemlos an der Tür stehen. Dann pfefferte der Schatten seine Tasche und die Mütze mit voller Wucht in die Ecke. Es gab ein lautes Klirren. Irgendetwas war zerbrochen.

„Verdammter Mist", flüsterte der Schatten.

„Hallo?" Verschlafen knipste Hanni ihre Nachttischlampe an. „Was ist denn los?"

„Ach, nichts." Bei dem Schatten handelte es sich um niemand anders als Nanni. Schnell drehte sie sich um und wusch ihr Gesicht am Waschbecken. „Ich bin's nur." Sie schlüpfte in ihren Schlafanzug und kroch neben Hanni in das große Bett.

Aber jetzt war Hanni wach und vor allem neugierig. „Ja, hallo?", rief sie empört. „Und? Wie war's?"

Statt einer Antwort drehte Nanni ihr den Rücken zu und vergrub das Gesicht im Kopfkissen.

„Nanni?" Hanni setzte sich auf, als ihre Schwester plötzlich schluchzte und sich ihr in die Arme warf.

„Ach, Hanni", rief sie. „Es war einfach schrecklich."

„Ah, ja?“, fragte Hanni verdutzt. Sie hatte mit vielem gerechnet, aber nicht damit.

„Ja.“ Nanni schluchzte noch einmal.

Nachdem sie sich einigermaßen beruhigt hatte, begann sie erst stockend, dann immer schneller zu erzählen. Zuerst sei alles ganz wunderbar gewesen, sagte sie. Ben war schon da, als sie gekommen sei. Das Café war wunderschön, ein typisches Pariser Bistro mit kleinen Tischchen und Holzstühlen. Es gab eine kleine Bühne, auf der jemand Gitarre spielte, und sie hatten sich prima unterhalten. Ben habe sich riesig gefreut, sie zu sehen, und über seine ersten Monate in Paris erzählt ... Ach, es war wunderbar.

„Ja, und dann?“, fragte Hanni gespannt.

„Und dann sind die anderen aufgetaucht“, sagte Nanni düster.

„Welche anderen?“ Hanni schaltete nicht gleich.

„Na, die anderen. Antoine, Enzo und natürlich Julie.“

„Oh“, machte Hanni.

„Ja. Oh.“ Nanni begann wieder zu schluchzen. „Ach, Hanni. Ich kam mir so blöd vor. Sie haben die ganze Zeit über Kunst geredet. Und Julie mit ihren Filmen. Lieber Himmel, du hättest sie mal hören sollen.“ Nannis Stimme nahm einen hohen, gekünstelten Ton an. „Ach, ich liieebe einfach dieses neue französische Kino ... Du nicht auch, Ben?“, machte sie Julie nach. „Es ist so leicht ... und doch so ausdrucksvoll.“ Sie schüttelte sich angeekelt. „Und erst dieser hochnäsige Antoine ...“

„Na ja, und Ben?", fragte Hanni mitfühlend.

Nanni machte eine wegwerfende Handbewegung. „Der kann mir für immer gestohlen bleiben", sagte sie. „Er hat mitgemacht. Plötzlich war ich Luft für ihn. Ich habe die ganze Zeit nur stumm dagesessen. Es war furchtbar." Sie schniefte laut. „Dann habe ich blöde Kuh gedacht, ich könnte ja auch mal was sagen, und habe Suzannes Geschichte von dem Maler erzählt, der früher in unserem Zimmer gelebt hat."

„Ja, und?" Hanni sah ihre Schwester erwartungsvoll an. Das musste doch eingeschlagen haben wie eine Bombe.

„Du glaubst es nicht." Nanni schüttelte traurig den Kopf. „Das hat alles noch schlimmer gemacht. Sie haben nur mitleidig gelächelt. Ach ja, hat Antoine gesagt, so eine Geschichte hätte doch jeder Pariser Hotelbesitzer für die Touristen parat. Dieser ..." Nanni ballte vor Zorn die Fäuste. „Ich hätte ihn am liebsten ... Und Ben saß einfach nur da und hat gar nichts gesagt. Hanni, das war der schlimmste Abend meines Lebens."

„Und jetzt ist er vorbei", sagte Hanni entschieden. „Vergiss den Kerl. Er ist es gar nicht wert, dass wir uns auch nur noch fünf Sekunden mit ihm beschäftigen." Damit legte sie sich wieder hin.

Es dauerte aber noch länger, bis Nanni sich ein bisschen beruhigt hatte. Hanni war schon fast wieder eingeschlafen, doch sie lag immer noch grübelnd wach. Plötzlich fiel ihr etwas ein. „Sag mal, und es hat keiner gemerkt, dass ich weg gewesen bin?", fragte sie.

Hanni lächelte im Halbschlaf. „Ich hab den Zwillingstrick angewandt“, murmelte sie. „Und jetzt mach endlich das Licht aus.“

Nanni lächelte. „Ach, Hanni, du bist die Beste.“ Sie gab ihrer Schwester einen dicken Kuss.

Am nächsten Morgen hatte Nanni ihren Kummer nicht vergessen. Missmutig schlurfte sie durchs Zimmer und sammelte die Sachen ein, die sie in der Nacht zuvor in die Ecke gepfeffert hatte. Eine Lampe hatte etwas abbekommen und sah ziemlich lädiert aus.

Auch Hanni hatte am frühen Morgen keine Lust, wieder über Ben zu reden, und so gingen die Schwestern schweigend und in gedrückter Stimmung hinüber zu Philippe, um zu frühstücken. Dort wartete Erika schon ganz aufgeregt auf sie, um alles über den gestrigen Abend zu erfahren. Aber als sie die Gesichter der Zwillinge sah, dachte sie sich schon, dass Nannis Treffen mit Ben wohl ziemlich danebengegangen war.

„Es war furchtbar“, sagte Nanni nur mit erstickter Stimme.

Erika strich ihr mitfühlend über die Schulter. „Oje“, meinte sie. Mehr konnte sie nicht sagen, weil Lilly hereinkam und schnurstracks auf sie zusteuerte.

„Mann, das war fantastisch!“, rief sie, ohne sich um die miese Stimmung am Tisch zu kümmern. Sie schwärmte in den höchsten Tönen von der Modenschau, den Kleidern, den Farben, der Choreografie … bis Hanni sie unterbrach.

„Sag mal, wo ist eigentlich Daniela? Habt ihr sie bei der Modenschau vergessen?“

Lilly sah sie verblüfft an. „Bist du Hellseherin?“, fragte sie. „Daniela wäre tatsächlich am liebsten gleich dortgeblieben. Stellt euch vor, uns haben zwei Typen gefragt, ob sie Probeaufnahmen von uns machen können.“

Das riss sogar Nanni kurzzeitig aus ihrer trüben Stimmung. Alle sahen Lilly erstaunt an. „Ach, Quatsch!“, riefen sie wie aus einem Mund.

„Doch“, beteuerte Lilly. „Ihr könnt euch vorstellen, was mit Daniela los war. Sie ist regelrecht ausgeflippt, als Mademoiselle Bertoux die beiden verjagt hat.“

„Und jetzt liegt sie im Bett und schmollt?“, fragte Hanni.

„Nee.“ Lilly lachte. „Jetzt steht sie seit einer Stunde vor dem Spiegel und schminkt sich. Schließlich muss sie als zukünftiges Topmodel gut aussehen.“

In dem Moment klingelte Nannis Handy, aber sie ging nicht ran. Sie sah nur erschrocken zu Hanni. Als es nicht aufhörte zu klingeln, zog sie das Handy schließlich aus der Tasche und wurde kreidebleich. „Es ist Ben“, flüsterte sie ihrer Schwester zu.

„Pffh“, machte Hanni entrüstet. „Drück ihn einfach weg.“

„Meinst du?“ Es klingelte immer noch.

„Nanni Sullivan ... oder ’anni“, hörten sie auf einmal Mademoiselle Bertoux’ Stimme vom Nebentisch. „Nimm den Anruf an oder nicht. Aber stell dieses nervtötende Geklingel ab. Bitte. Ich möchte etwas sagen.“

Nanni schaltete das Handy leise und steckte es schnell in die Tasche. Die Lehrerin erhob sich, um den Tagesplan zu verkünden. Es sollte endlich zum Eiffelturm gehen. Dazu sollten sich alle in einer halben Stunde in der Lobby des Hotels einfinden. Anschließend wollte Mademoiselle noch einen Spaziergang durch den Jardin des Tuileries machen.

„... und dann ruhen wir uns ein wenig aus“, beendete sie ihre Ansprache. „Es war ein anstrengender Tag gestern. Und heute Nachmittag dürft ihr eine Weile durchs Viertel spazieren. Es gibt einige nette Cafés 'ier in der Gegend.“

„Meins zum Beispiel“, rief Philippe von der Theke, wo er mit Maxime, dem Koch, und zwei Bekannten stand und Kaffee trank.

Alle lachten, außer Nanni. Nette Cafés, davon hatte sie vorerst genug. Wie aufs Stichwort meldete ihr Handy wieder einen Anruf.

„Ben“, flüsterte sie Hanni zu.

„Schon wieder?“ Ihre Schwester staunte. „Es scheint dringend zu sein.“

„Ach, der soll mich endlich in Ruhe lassen“, sagte Nanni ärgerlich, und um abzulenken, fragte sie: „Wo bleibt eigentlich Daniela? So lange kann sich doch kein Mensch schminken.“

Daniela hatte offensichtlich nur gewartet, bis Mademoiselle Bertoux' Ansprache zu Ende war und alle frühstückten. Sie stieß die Tür auf und durchquerte den Raum langsam mit ausladendem Hüftschwung. An der Theke angekommen, drehte sie sich vor Philippe und seinen Freunden einmal um die eigene Achse, nahm sich mit einer gekünstelten Handbewegung eine Tasse Kakao und schritt langsam zu ihrem Platz. Sie trug ihr Kleid vom Abend zuvor und hatte Make-up, Lippenstift und Lidschatten aufgetragen.

Philippe und seinen Freunden blieb der Mund offen stehen. Dann fingen sie an zu lachen, aber Daniela schien es nicht zu bemerken. Sie war überzeugt davon, dass alle vor Bewunderung erstarrt waren.

„Oh, là, là!", rief einer. „Eine echte Dame ..."

Mademoiselle Bertoux sah von ihrem Kaffee auf und beobachtete Danielas Auftritt entsetzt.

„Hey, Daniela", sagte Hanni lachend, nachdem sie sich gesetzt hatte, „ist das nicht ein bisschen viel Make-up so früh am Morgen?"

Erika und Lilly kicherten.

Daniela musterte sie, als müsste sie überlegen, ob die drei überhaupt einer Antwort würdig waren. „Hat Philippe mich gesehen?", fragte sie schließlich leise. „Er ist so süß."

„Du warst wirklich nicht zu übersehen", spottete Hanni.

„Ja, und?", fragte Daniela von oben herab. „Ihr seht ja die Wirkung." Sie zeigte auf Philippes Freunde, die immer noch lachten.

„Allerdings." Hanni grinste. Aber für Spott war Daniela heute komplett unempfänglich.

Bevor sie jedoch etwas entgegnen konnte, stand Mademoiselle Bertoux an ihrem Tisch. „Daniela", zischte sie leise, „Kindschen, wie siehst du nur aus? Geh sofort ins Badezimmer und wisch dir die Schminke vom Gesicht. Und zieh dir etwas Ordentliches an. Wir gehen 'eute auf den Eiffelturm und nicht zu einer Modenschau." Betrübt schüttelte sie den Kopf.

Daniela starrte die Lehrerin entsetzt an. „Das mache ich nicht!", rief sie.

„Das machst du wohl. Was ist nur los mit dir?" Mademoiselle Bertoux war ganz durcheinander. War es möglich, dass dem Mädchen die Modenschau so zu Kopf gestiegen war?

Genauso war es. Daniela hatte schon immer davon geträumt, Model oder Schauspielerin zu werden. Und gestern hatte sie sich ihrem Ziel schon so nahe gewähnt ... Bis Mademoiselle ihr einen Strich durch die Rechnung gemacht hatte. Das war zu viel für Daniela.

„Sie gönnen mir überhaupt nichts!", schrie sie und warf die Serviette auf den Tisch. „Schon gestern Abend war es so. Sie haben mir alles verdorben ..." Vor Aufregung verschluckte sie sich. Sie sprang auf und rannte unter Tränen hinüber ins Hotel. Dort rauschte sie an einer verdutzten Suzanne vorbei hoch in ihr Zimmer, warf sich aufs Bett und schluchzte laut. Ihr kam es so vor, als hätte sich alle Welt gegen sie verschworen. Und besonders Mademoiselle Bertoux. Dabei war sie doch nur neidisch. Aber sie würde es allen zeigen ...

In Philippes Bistro herrschte Schweigen. Alle waren betroffen von Danielas plötzlichem Ausbruch.

Hanni war die Erste, die ihre Sprache wiederfand. „Oh, là, là“, sagte sie, was allerdings wenig hilfreich war.

Mademoiselle Bertoux seufzte. „Oh, là, là“, sagte auch sie und überlegte. „Ich fürchte, die arme Daniela hat sich die Sache mit der Modenschau zu sehr zu Herzen genommen. Lilly, kannst du nicht einmal mit ihr reden? Du warst ja auch dabei, auf dich 'ört sie vielleicht. Ich glaube, es ist keine gute Idee, wenn ich jetzt zu ihr gehe.“

Lilly nickte. „Ja, klar, Mademoiselle Bertoux.“ Sie stand auf und ging ins Hotel hinüber.

Nanni warf ihre Serviette neben die von Daniela. „Ich gehe auch“, sagte sie traurig. „Ich habe keinen Hunger.“

Hanni und Erika sahen ihr mitleidig nach.

„Was meinst du, wie lange das jetzt so weitergeht?“, fragte Hanni.

„Ich fürchte, das kann noch eine Weile dauern“, meinte Erika.

Nanni setzte sich drüben in der Lobby des Hotels in einen der Sessel. Hier konnte sie ungestört ihren trüben Gedanken nachhängen und warten, bis die anderen mit dem Frühstück fertig waren. Der Ausflug zum Eiffelturm interessierte sie genauso wenig wie das Theater, das Daniela veranstaltete. Sie wollte einfach nur ihre Ruhe haben. Gedankenverloren spielte sie mit ihrem Handy. Ben hatte mittlerweile schon drei Nachrichten auf ihrer Mailbox hinterlassen, aber sie hatte keine einzige davon abgehört. Eine winzige Sekunde lang überlegte sie, ob sie ihn zurückrufen sollte.

„Du spinnst wohl", sagte sie leise zu sich selbst und steckte das Handy weg.

„Oh, da führt jemand Selbstgespräche." Suzanne stand schon seit einiger Zeit hinter der Rezeption und erledigte, unbemerkt von Nanni, irgendwelchen Papierkram. Nun kam sie hinter dem Tresen hervor und setzte sich ihr gegenüber.

„Du bist Nanni, nicht wahr?"

Nanni lächelte schwach. „Respekt", sagte sie. „Das schafft nicht jeder in so kurzer Zeit, Hanni und mich auseinanderzuhalten."

„Na, immerhin haben wir ja einen ganzen Abend hier zusammengesessen, als ich euch die Geschichte von dem Maler erzählt habe." Suzanne lachte. „Schon vergessen?"

„Nein", sagte Nanni. Aber es kam ihr vor, als sei das schon Ewigkeiten her. Dabei lag nur ein Tag dazwischen. Und ein furchtbarer Abend ...

„Warum bist du denn nicht drüben bei den anderen?", fragte Suzanne.

„Ich hab keinen Hunger", sagte sie tonlos.

„Hm", machte Suzanne und sah Nanni forschend ins Gesicht. „So schlimm?"

Nanni runzelte überrascht die Stirn. Konnte es sein, dass Suzanne wusste, was passiert war? Aber wie sollte das möglich sein?

„Du musst nichts sagen. Es ist okay. So richtig helfen kann dir da sowieso niemand. Aber eins sage ich dir: Es geht vorbei."

„Ach, ich weiß nicht", sagte Nanni fast automatisch. „Ich bin so traurig wie noch nie."

Suzanne nahm ihre Hand. „Es ist noch nicht lange her, da ging es mir ganz genauso. Und ich spreche auch mit kaum jemandem darüber, denn keiner kann es verstehen. Keiner, dem es nicht schon so gegangen ist."

Nanni nickte eifrig. „Das glaube ich auch."

Es war seltsam, aber sie fühlte sich schon ein bisschen besser. Suzanne verstand sie wirklich. Sie wusste, um was es ging, ohne dass sie es aussprechen musste. Das konnte kein Zufall sein.

„Weißt du, ich habe Hanni alles erzählt, und sie ist auch furchtbar lieb ...", fuhr sie fort. „Aber sie versteht mich einfach nicht. Sie will, dass ich die Sache abhake und wieder bin wie früher. Aber so einfach ist das nicht."

„Wem sagst du das." Suzanne seufzte. Dann stand sie plötzlich auf. „Weißt du was? Ich zeige dir etwas. Komm mal mit." Sie ging zurück zur Rezeption und holte einen Schlüssel. „Ich war schon lange nicht mehr da oben. Aber vielleicht wird es Zeit ..."

Sie gingen zusammen die Treppe hinauf bis unters Dach. Suzanne schloss eine schmale Holztür auf und dann standen sie auf der Dachterrasse.

„Ich dachte, du gehst nicht gern hierher", meinte Nanni überrascht. „Sagt Philippe ..."

Suzanne nickte. „Philippe hat recht. Aber vielleicht ist es mit ihm und mir so wie bei dir und Hanni. Er ist furchtbar lieb und kümmert sich um mich. Und doch wird er wahrscheinlich nie richtig verstehen, wie es mir gegangen ist."

Sie traten ans Geländer. Von dort hatte man einen atemberaubenden Blick über die Dächer von Paris. Für einen Moment hatte Nanni Ben fast vergessen. Der Garten war ein bisschen verwildert, aber wunderschön. Alles war grün und an ein paar Büschen gingen die ersten Blüten auf.

„Was ist denn passiert?", fragte sie nach einer Weile, als Suzanne nichts mehr sagte.

„Ach ..." Suzanne zupfte an ein paar Blättern herum. „Weißt du, ich wollte dieses Hotel eigentlich mit meinem Freund renovieren. Ich war lange weg und bin mit ihm wieder hierhergekommen ... Wir hatten großartige Pläne, wollten das schönste Hotel von Paris daraus machen ..." Sie lachte traurig. „Aber so ist Paris. Man hat große Träume, die manchmal zerplatzen wie Seifenblasen. Mein Freund hat es nicht so ernst gemeint wie ich. Er ging weg und ich saß allein da. Ohne Geld und mit vielen Schulden."

„Oje." Mehr fiel Nanni nicht ein.

„Ach, das ist schon länger her. Inzwischen geht es mir wieder einigermaßen gut. Und Philippe hat mir viel geholfen. Ohne ihn ..." Suzanne seufzte. „Eigentlich bin ich froh, dass ich mit dir hier heraufgekommen bin. Das war nämlich unser Lieblingsplatz. Aber seit mein Freund weg ist, war ich nicht mehr hier oben. Aus Liebeskummer. Ziemlich blöd, nicht wahr? Es ist so schön hier."

„Stimmt", sagte Nanni und lachte. „Es scheint, als würde man aus Liebeskummer eine Menge dummer Sachen anstellen."

Auch Suzanne lachte. „Das kannst du wohl sagen."

Als sie wieder nach unten kamen, rannte Hanni ihnen aufgeregt entgegen.

„Mensch, Nanni, wo bist du denn gewesen? Ich hab dich schon überall gesucht!", rief sie.

„Ich war mit Suzanne auf dem Dachgarten", sagte Nanni.

„So?" Hanni sah sie groß an. „Ich dachte ..."

Nannis Handy klingelte und unterbrach sie mitten im Satz. Nanni zog es aus der Tasche. „Ben" stand auf dem Display ... schon wieder.

Hanni runzelte ärgerlich die Stirn. „Jetzt reicht es. Gib mal her", sagte sie energisch und nahm ihrer Schwester das Handy aus der Hand.

„Nein", rief Nanni entsetzt, aber es war zu spät. Hanni nahm den Anruf an.

„Jetzt pass mal auf", schimpfte sie ins Telefon. „Meine Schwester hat wirklich keine Lust mehr, sich mit dir zu unterhalten ..." Sie hielt inne und hörte zu. „Nein, hier ist nicht Nanni", fuhr sie fort. „Ich bin Hanni. Lass Nanni endlich in Ruhe, sonst ..." Wieder hörte sie zu. Ben hatte offensichtlich etwas Wichtiges zu sagen, denn sie ließ ihn ausreden. Auf ihrem Gesicht stand auf einmal maßlose Verblüffung.

Nanni und Erika, die dazugekommen war, sahen sie beunruhigt an. Was konnte da geschehen sein?

„Okay“, sagte Hanni. Sie war ein bisschen blass geworden. „Ja. Dann ist es wohl das Beste, du kommst gleich her ... Ja. Bis gleich.“ Sie schaltete das Handy ab.

„Bist du verrückt geworden?“, zischte Nanni. „Ich will den Kerl nie wieder sehen.“

„Warte ab“, sagte Hanni tonlos. „Es ist wirklich wichtig. Er hat erstaunliche Neuigkeiten.“

Auf der Suche nach den verlorenen Bildern

Nanni und Erika bestürmten Hanni mit Fragen, aber sie verriet nichts.

„Wartet ab“, sagte sie nur und zog ein finsteres Gesicht. Sie bat Mademoiselle Bertoux, den Ausflug zu verschieben und zu ihnen in die Lobby zu kommen. Die Sache wurde immer mysteriöser. Kurz bevor Ben kam, stießen auch Lilly und Daniela zu ihnen. Danielas Augen waren noch etwas verweint, aber sie hatte sich umgezogen und abgeschminkt. Sie würdigte Mademoiselle Bertoux keines Blickes.

Und dann kam Ben. Schüchtern und mit auf dem Rücken verschränkten Händen betrat er die Lobby des „Fleur de Montmartre“.

„Oje“, sagte er erschrocken, als er die Versammlung in der Lobby sah. „Das sieht ja aus wie bei einem richtigen Gericht … Hallo, Nanni.“

Nanni nickte kühl und sagte nichts.

„So soll es auch aussehen“, meinte Hanni streng. „Also, los. Erzähl uns, was du mir am Telefon gesagt hast.“

Ben wurde rot. Stockend begann er zu berichten: Gestern

Abend sei er mit Freunden in einem Café gewesen, sagte er und warf Nanni einen kurzen Blick zu. Nanni drehte schnell den Kopf zur Seite und sah zum Fenster hinaus. Immerhin dachte Ben daran, vor Mademoiselle Bertoux nicht zu erwähnen, dass sie auch dort gewesen war.

„Und?" Hanni klopfte ungeduldig mit den Fingern auf den Tisch.

„Nun ja", druckste Ben herum und wandte sich an die Lehrerin. „Sie kennen sie. Es waren meine Freunde, die auch im Museum dabei waren."

„Ach ja!", rief Mademoiselle Bertoux erfreut. „Die Kunststudenten. Sehr nette junge Leute."

„Ja, ich weiß nicht …", fuhr Ben unsicher fort. Irgendetwas in seiner Stimme ließ Nanni aufhorchen. „Das dachte ich auch. Jedenfalls kam die Sprache auf den Besuch im Museum und auf Sie …" Ben schluckte. „Und plötzlich ziehen die drei das hier heraus und zeigen es mir lachend."

Ben hatte seine Hände die ganze Zeit hinter dem Rücken verborgen gehalten. Jetzt zog er langsam eine Tasche hervor. Mademoiselle Bertoux blieb vor Staunen der Mund offen stehen.

„Das … Das ist ja … Das ist ja *meine* Tasche!", rief sie. „Wo 'ast du die denn 'er?"

Ben trat verlegen von einem Fuß auf den anderen. „Nun ja, die drei haben sie mir gegeben."

„Sie 'aben sie gefunden?" Die Lehrerin sprang auf und nahm

die Tasche. „Das ist ja großartig. Ach, wie lieb von ihnen." Überglücklich gab sie Ben zwei Bisous auf die Wangen.

Ben starrte auf den Boden. „Ja, nicht ganz ...", stotterte er.

Doch Mademoiselle Bertoux beachtete ihn gar nicht und durchwühlte glücklich ihre Tasche. „Es ist alles da, bis auf das Geld", rief sie. „Meine Uhr, mein Spiegelschen ..."

„Na, komm", sagte Hanni laut zu Ben. Sie schien sich als Einzige nicht darüber zu freuen, dass die Tasche wieder da war. „Das ist doch noch nicht alles. Erzähl schon weiter ..."

„Noch nicht alles?", fragte Mademoiselle Bertoux. Aber mehr hatte sie doch gar nicht verloren ...

„Mademoiselle", sagte Ben fest und wurde bleich wie ein Laken, „es ist mir unendlich peinlich. Aber die drei haben die Tasche nicht gefunden ... Sie haben sie Ihnen gestohlen."

Alle starrten Ben an, als hätten sie nicht richtig verstanden, was er gesagt hatte. Aber so war es. Als Nanni am Abend zuvor gegangen war, hatte Antoine damit angegeben, dass sie die Tasche gestohlen hatten. Julie und Enzo lachten. Sie hielten das Ganze für einen gelungenen Scherz.

„Ich war natürlich entsetzt und habe sie zur Rede gestellt", berichtete Ben eifrig. Es war nicht ganz festzustellen, ob er eher Mademoiselle Bertoux oder Nanni klarmachen wollte, dass er mit der Sache nichts zu tun hatte. „Sie haben es nicht so gemeint. Ihre Scherze sind manchmal vielleicht etwas grob. Aber es sollte wirklich nur ein Scherz sein. Sie haben mir die

Tasche sofort gegeben, als ihnen bewusst wurde, dass sie zu weit gegangen sind."

Hanni traute ihren Ohren nicht. „Du nimmst sie auch noch in Schutz?", rief sie empört. „Also ehrlich. Wir sollten sofort zur Polizei gehen."

Mademoiselle Bertoux war völlig erschüttert. Sie sank in ihren Sessel zurück, die Tasche auf den Knien, und schüttelte fassungslos den Kopf. „Aber warum?", fragte sie tonlos. „Warum?"

Ben zuckte hilflos mit den Schultern. „Das weiß ich auch nicht", sagte er leise. „Vielleicht Übermut? Sie sagten, die Tasche stand da so herum, niemand hätte auf sie achtgegeben ..."

„Übermut. Phh", machte Hanni und warf Nanni einen Blick zu. Die saß schweigend da und sah Ben mit großen, traurigen Augen an. Sie konnte überhaupt nicht glauben, was sie da hörte.

Mademoiselle Bertoux seufzte, dann fasste sie sich wieder. „Ich bin sehr enttäuscht", sagte sie. „Ich 'abe wirklich gedacht, ihr wärt nette Leute. Nun, ich 'abe mich wohl getäuscht. Aber la police? Die Polizei? Nein. Es war nicht viel Geld in der Tasche. Und die drei sollen ruhig sehen, dass es Menschen gibt, die Gleiches nicht mit Gleichem vergelten. Vielleicht denken sie in Zukunft zweimal nach, bevor sie ihre ‚Scherze' mit anderen treiben." Sie blickte Ben ernst an. „Und du solltest vielleicht darüber nachdenken, dir andere Freunde zu suchen. Jetzt geh. Und danke, dass du so ehrlich gewesen bist."

„Mademoiselle“, sagte Ben. „Ich glaube wirklich nicht, dass sie es aus Böswilligkeit getan haben …“

Die Lehrerin winkte entschieden ab. Sie wollte nichts mehr hören.

Ben biss die Zähne zusammen und nickte. „Darf ich vielleicht noch ein Wort mit Nanni reden? Bitte“, sagte er.

Mademoiselle Bertoux' Blick wanderte erstaunt zwischen Nanni und Ben hin und her. „Von mir aus“, sagte sie. „Wenn Nanni will?“

Nanni zuckte mit den Schultern. Aber sie erhob sich langsam und ging mit Ben nach draußen.

„Nanni, ich wollte mich auch bei dir entschuldigen“, sagte Ben kleinlaut, als sie vor der Tür standen. „Das war sicher keine Meisterleistung gestern. Ich glaube, ich habe mich ziemlich blöd verhalten.“

„Glaubst du …“, meinte Nanni traurig.

„Ich weiß es. Ich weiß, es ist keine Entschuldigung, aber Antoine … und Enzo … die meinen es nicht so.“

„… und Julie“, ergänzte Nanni düster.

„Sie sind vielleicht ein bisschen wild. Aber die Kunst bedeutet ihnen alles. Und mir auch. Deshalb reden sie manchmal zu viel … und ein bisschen unverständliches Zeug …“

Nanni schüttelte den Kopf. „Gegen Kunst habe ich nichts einzuwenden. Ich sehe aber nicht ein, was das mit dem Diebstahl einer Tasche zu tun haben soll. Und es hat auch nichts damit zu tun, sich über andere lustig zu machen.“

Auf einmal sah sie Ben mit anderen Augen. Sie hatte ihn immer bewundert, weil er es geschafft hatte, vom kleinen Tottingham allein nach Paris zu gehen und zu studieren. Er war ihr so unabhängig, nett und freundlich vorgekommen ... Aber auf einmal hatte sie das Gefühl, er habe gar keine eigene Meinung, sondern wolle nur Antoine und Enzo nacheifern.

„Ich glaube, Mademoiselle Bertoux hat recht. Vielleicht solltest du dir andere Freunde suchen", sagte sie ruhig.

„Ach, komm. Jetzt fang du nicht auch noch an." Ben lächelte und begann sie wieder zu verteidigen. Sicher würden sie so etwas nicht mehr machen, sagte er. Und Nanni sollte nicht allzu schlecht von ihnen denken. Alle drei hätten sie sehr nett gefunden. Nanni wandte sich ab. So ein Unsinn, dachte sie. Und während Ben redete, spürte sie, dass er ihr auf einmal ziemlich egal war.

„Freunde?", fragte er schließlich mit treuherzigem Blick.

„Mal sehen", sagte Nanni. Sie verabschiedete sich und sah Ben nach, der mit hängendem Kopf davonging.

Nanni ging zurück ins Hotel. „Puuh", sagte sie zu Suzanne, die an der Rezeption stand. „Manchmal geht das mit dem Vergessen schneller, als man denkt."

Suzanne lachte. „Tja. Wenn es so klar ist, dass man sich getäuscht hat ..."

Nanni nickte. Das war es. Sie hatte sich in Ben schlicht und einfach getäuscht.

Hanni und Erika saßen wie auf glühenden Kohlen in einer Sitzecke der Lobby.

„Und?“, rief Hanni aufgeregt. „Ist alles okay?“

„Alles okay“, sagte Nanni und lachte zum ersten Mal seit Langem wieder. „Meine Güte, bin ich eine blöde Kuh gewesen.“

„Ach, Unsinn“, meinte Erika.

„Ganz schön blöd“, bestätigte Hanni und lachte ebenfalls.

Nanni sah ihre Schwester auf einmal ganz merkwürdig an. „Weißt du, was?“, fragte sie.

„Was?“

„Jetzt kümmern wir uns endlich um die wirklich wichtigen Dinge. Wir stellen das ganze Hotel auf den Kopf, bis wir die Bilder dieses Malers gefunden haben.“

„Suuuper!“, rief Hanni und warf erleichtert die Arme in die Luft. Endlich war Nanni wieder ganz die Alte. Und nachdem sie am Nachmittag von dem Ausflug zum Eiffelturm zurückgekehrt waren, machten sich die Zwillinge gemeinsam mit Erika auf die Suche.

Nanni fragte Suzanne nach dem Schlüssel zum Speicher.

„Es ist derselbe wie für den Dachgarten“, sagte Suzanne. „Was wollt ihr denn da oben?“

„Wir finden die Bilder von Albin Turov für dich“, sagte Nanni bestimmt.

„Ja, klar.“ Suzanne lachte. „Als ob ich auf dem Speicher nicht schon nachgeschaut hätte … Aber wenn's euch Spaß macht … Ich könnte die Bilder gut gebrauchen."

„Du wirst schon sehen", sagte Nanni.

Sie ging mit Hanni und Erika nach oben. Es war schon beinahe dunkel draußen und auf dem Speicher herrschte tiefe Finsternis. Man konnte kaum die Hand vor Augen sehen, geschweige denn einen Lichtschalter. Nur dunkle Schatten waren zu erkennen, von allerlei Gerümpel, Kommoden, Schränken und Kisten, die von Leinentüchern und Spinnweben bedeckt waren.

„Ganz schön gruselig hier oben", sagte Erika und schauderte.

„Wo ist nur der Lichtschalter?" Hanni tastete mit der Hand an der Wand neben der Tür entlang. „Ah, hier." Sie drückte auf einen kleinen, runden Knopf. Flackernd ging eine schmutzige Lampe an, die den Raum nur notdürftig erhellte. Aber immerhin konnten sie nun etwas besser sehen. Ihre Begeisterung wurde allerdings deutlich gedämpft, als sie die vielen verhüllten Möbel sahen.

„Du lieber Himmel, so viele Schränke …", sagte Nanni und hob eines der Leinentücher an. Eine dicke Staubwolke stieg auf. „Und staubig ist's hier."

„Na prima." Erika wedelte hustend mit der Hand vor ihrem Gesicht herum.

„Auf geht's", meinte Hanni schließlich. „Wir wollten die Bilder suchen, da werden wir wegen ein bisschen Staub ja nicht gleich aufgeben, oder?"

Sie begannen den Speicher zu durchsuchen, öffneten jeden Schrank und jede Kommode, sahen hinter jede Kiste und jeden Stapel. Als sie sich schließlich durch das ganze Gerümpel gearbeitet hatten, sahen sie aus wie drei Staubmäuse. Aber ein Bild hatten sie nicht gefunden.

„Fehlanzeige“, sagte Hanni nüchtern.

„Fehlanzeige“, bestätigte Erika.

„Das ist noch lange kein Grund, zu kapitulieren. Ich schlage vor, wir gehen ins Bad, und anschließend durchsuchen wir die Zimmer“, meinte Nanni entschlossen.

Gesagt, getan. Die drei säuberten sich in aller Eile und brachen dann zu einem Rundgang auf. Sie begannen ganz oben im Zimmer der Zwillinge. Sie suchten unterm Bett und hinter dem Schrank. Hanni streckte sogar den Kopf aus dem Fenster. Aber da waren nur das steil abfallende Dach und eine alte, verbogene Regenrinne.

„Na klar.“ Nanni lachte. „Turov hat seine Bilder bestimmt aufs Dach gelegt.“ Plötzlich fiel ihr etwas ein. „Apropos Dach, vielleicht finden wir ja auf dem Dachgarten etwas. Suzanne hat ihn mir gezeigt. Es ist wunderschön dort.“

„Ich dachte, sie geht nicht gern hinauf“, sagte Erika erstaunt.

Nanni lächelte. „Ja, das sagt Philippe ... Aber ich glaube, sie hat ihre Meinung geändert.“

Sie stiegen die Treppe noch einmal nach oben bis zum Dachgarten.

„Wow“, sagten Hanni und Erika beeindruckt, als sie am Geländer standen und über das nächtliche, hell erleuchtete Paris blickten.

„Wisst ihr was?“, meinte Erika, nachdem sie eine Weile schweigend die Aussicht genossen hatten. „Turovs Gemälde sind mit Sicherheit nicht hier oben. Aber Bilder hin oder her … Wir sollten auf jeden Fall eine Party für Suzanne und Philippe organisieren. Sie sind so nett und haben uns ohne Umstände aufgenommen. Außerdem: Was kann es Schöneres geben, als hier eine Party zu feiern?“

„Das ist eine Superidee!“, rief Hanni. Dann stutzte sie. „Moment mal. Wieso für Suzanne *und* Philippe?“

„Möglicherweise ist es dir entgangen“, sagte Erika sanft. „Aber ich bin sicher, dass Philippe in Suzanne verliebt ist. Und Suzanne auch in Philippe, sie weiß es nur noch nicht. Sie denkt, er wäre nur ein guter Freund.“

„Ach, Quatsch.“ Hanni tippte sich an die Stirn. Erika witterte immer sofort hinter allem eine große Romanze.

„Hm“, machte Nanni nachdenklich. „Vielleicht ist da was dran. Suzanne mag ihn auf jeden Fall sehr gern. Und was ist schon dabei? Schließlich hat uns Philippe ja auch in seinem Bistro aufgenommen und Maxime kocht jeden Abend für uns.“

„Das müssen wir unbedingt Lilly erzählen“, sagte Erika. „Die ist bestimmt Feuer und Flamme, wenn es eine Party zu organisieren gibt.“ Sie rannte mit Nanni los, um Lilly zu suchen.

„Aber dann wird auch gleich euer Zimmer durchsucht!", rief Hanni und eilte hinter den beiden her.

Lilly war tatsächlich begeistert und sogar Daniela, die immer noch wegen ihrer zerstörten Modelkarriere schmollte, konnte der Idee etwas abgewinnen. Die beiden machten sich sofort an die Planung der Party, während die Zwillinge zusammen mit Erika das Zimmer durchforsteten. Aber auch hier: Fehlanzeige. Und in den anderen Zimmern, die sie im Lauf des Abends alle durchsuchten, gab es ebenfalls keine Spur von Albin Turovs Gemälden.

„Tja, die Bilder können wir uns wohl abschminken", sagte Hanni enttäuscht, als sie erschöpft in die Sessel in der Lobby sanken. „So ein Mist."

„Es bleibt noch der Keller", wandte Nanni ein. Aber auch sie klang nicht sehr hoffnungsvoll.

„Mir reicht es für heute." Erika winkte ab. „Den Keller können wir auch morgen noch durchsuchen."

„Wahrscheinlich hat Suzanne recht", meinte Hanni. „Ihre Urgroßeltern haben Albin Turovs Bilder schlicht und ergreifend weggeworfen."

„Was für ein merkwürdiger Tag", sagte Nanni, als sie ins Bett gingen.

„Nicht ... merkwürdig", murmelte Hanni und kuschelte sich tiefer unter ihre Decke. Sie war schon halb eingeschlafen.

„Na hör mal. Die Sache mit Ben ... die gestohlene Tasche ... Turovs Bilder ... Sie müssen doch irgendwo sein. Das ist nicht nur eine Geschichte ... Wir haben einfach einen Hinweis übersehen. Genau, wir müssen nach Hinweisen suchen." Nanni saß im Bett und sah hinüber zu dem Deckenhügel, unter dem Hanni lag. „Hanni? Hallo? Hanni?"

Doch ihre Schwester schlief tief und fest. Nanni seufzte. Wie konnte Hanni nach so einem Tag einfach einschlafen? Sie legte sich ebenfalls hin und knipste das Licht aus. Aber schlafen konnte sie nicht. Sie grübelte noch lange darüber nach, wo Turov seine Bilder wohl versteckt haben könnte. Bis auch sie schließlich in einen leichten, unruhigen Schlaf fiel ...

Tief in der Nacht schreckte sie plötzlich auf. Sie hatte wirr geträumt, von Ben und Antoine, die Turovs Gemälde gestohlen hatten, von Lilly, die den beiden auf die Schliche gekommen war, und schließlich von den Bildern, die sich wie von Geisterhand selbst wieder an ihre Plätze hängten ...

„Lilly ...", murmelte Nanni im Halbschlaf. Wieso nur tauchte Lilly in diesem Traum auf? Ach ja, Lilly hatte einmal etwas erwähnt ... Dunkel erinnerte Nanni sich an eine flapsige Bemerkung, die sie gemacht hatte. Was hatte sie nur gesagt? „Bilder sind flach und hängen normalerweise an der Wand"... Nanni war es nicht wichtig erschienen, sie war viel zu sehr mit ihrer Verabredung beschäftigt gewesen. Aber jetzt ...

„Na klar." Nanni war nun hellwach und sah aus dem Fenster. „Das ist es." Es war, wie sie es sich gedacht hatte. Man musste nur nach Hinweisen suchen und diese dann sinnvoll verbinden. Bilder hingen normalerweise an der Wand ... Aber wenn Turov so arm gewesen war, dass er sich nicht einmal mehr Leinwände kaufen konnte? Nanni grinste. Das war die Lösung. Hanni wird Augen machen, wenn ich ihr morgen davon erzähle, dachte sie, bevor sie wieder einschlief.

Eine geniale Idee

Am nächsten Morgen konnte Nanni es kaum erwarten, bis ihre Schwester aufwachte. Mit einem herzhaften Gähnen stand sie auf, rumorte im Zimmer herum und prustete lautstark beim Zähneputzen am Waschbecken. Aber Hanni hatte einen guten Schlaf und drehte sich nicht einmal um, bis Nanni die Schranktür mit einem lauten Knall zuschlug.

„Was ... was ist los?", murmelte Hanni.

„Guten Morgen", rief Nanni fröhlich und setzte sich neben ihre Schwester auf die Bettkante. „Gut geschlafen?"

„Mhm", machte Hanni.

„Dann mach dich auf eine Neuigkeit gefasst. Während du selig geschlummert hast, habe ich nämlich das Rätsel um Albin Turovs Bilder gelöst."

Hanni riss die Augen auf. Mit einem Schlag war sie hellwach. „Du hast was?", rief sie und setzte sich auf.

Nanni nickte. „Ja, ich habe das Rätsel um die verschwundenen Gemälde gelöst. Ich bin mir jedenfalls ziemlich sicher."

„Wenn das stimmt, verdienst du einen Orden. Mindestens", sagte Hanni überzeugt.

Nanni winkte ab. „Pass auf. Erinnerst du dich an Lillys

Kommentar zu den Bildern, als wir zum ersten Mal danach gesucht haben?“

Hanni nickte. „Irgendwas Überflüssiges wie ‚Bilder hängen an der Wand‘ oder so.“

„Genau. Und erinnerst du dich auch noch daran, dass Suzanne erzählt hat, wie bitterarm Turov war?“, fuhr Nanni eifrig fort.

„Na, klar“, sagte Hanni. „Er kam mit wenig Geld hier an und hatte am Schluss überhaupt keins mehr.“

„Und jetzt zähl eins und eins zusammen.“ Nanni sah Hanni erwartungsvoll an.

Hanni runzelte die Stirn. „Hääh?“, machte sie. Sie hatte keinen blassen Schimmer, worauf Nanni hinauswollte.

„Ach, du schläfst noch!“, rief Nanni und schubste Hanni zurück auf ihr Kissen. „Turov hatte kein Geld für nichts, nicht einmal für Leinwände. Aber er war Künstler. Er musste malen. Also bleibt nur eine Lösung: Er hat die Bilder direkt auf die Wand gemalt. Ist doch klar.“

Hanni fiel der Kiefer herunter. Langsam wanderte ihr Blick hinüber zu der alten Tapete, deren zartes Blumenmuster schon ganz verblichen war.

„Du meinst ... die Bilder sind unter der Tapete? Das wäre ja ...“ Mit einem Satz war Hanni aus dem Bett und strich vorsichtig mit der Hand über die Wand.

„Ganz bestimmt.“ Nanni musterte die Tapete, als hätte sie Röntgenaugen und könnte durch sie hindurchsehen.

„Hm“, machte Hanni nachdenklich. „Wenn wir die Tapete abreißen und es ist nichts drunter, bekommen wir einen Riesenärger.“

„Da ist was dran“, sagte Nanni. „Aber was haben wir schon zu verlieren? Suzanne hat doch gesagt, dass kaum Leute kommen, um hier zu übernachten. Und das ist die Dachkammer. Die wird sowieso nie vermietet …“

„Stimmt.“ Hanni überlegte. „Warte mal …“ Sie eilte zum Waschbecken und holte eine Schere und eine Feile aus ihrem Waschbeutel. „Probieren wir es damit.“

Beide fingen an, die Tapete auf der Seite der Tür vorsichtig abzulösen. Das war nicht so einfach. Der alte Kleister war fest mit der darunterliegenden Schicht verklebt und die Tapete war so dünn, dass sie immer wieder einriss. Schließlich hatten sie es aber doch geschafft, ein größeres Stück abzulösen. Darunter war … nichts.

„Wir müssen es an einer anderen Stelle versuchen“, sagte Nanni entschlossen.

Hanni sah sie zweifelnd an. „Ich weiß nicht … Es ist schon spät. Wir müssen zum Frühstück.“

„Das ist die falsche Stelle. Sieh nur …“, beharrte ihre Schwester. „Wir haben nicht bedacht, dass Turov die Wand an der Stelle bemalt hat, wo er einen Blick auf Paris gehabt hat.“ Sie ging zum Fenster. „Wahrscheinlich müssen wir hier suchen.“ Sie zeigte auf eine Stelle an der Wand, von der aus man über die Dächer der Stadt schauen konnte.

„Könnte sein", meinte Hanni. Sie begannen die Tapete an dieser Stelle abzulösen. Nach einer Weile hatten sie auch hier ein großes Stück entfernt. Aber es war nichts darunter. Jetzt hingen an zwei Stellen große Fetzen von der Wand.

„Ich glaube, jetzt gibt's Ärger", sagte Hanni und sah sich die Verwüstung an. „Wenn Mademoiselle Bertoux und Suzanne das sehen, ist es Essig mit der Party auf dem Dachgarten. Da wette ich drauf."

„Oje", meinte Nanni. „Ich war mir so sicher ... Wir sollten noch an einer anderen Stelle suchen."

„Du spinnst wohl!" Hanni tippte sich mit dem Finger an die Stirn. „Wir haben das Zimmer doch schon genug verwüstet."

„Neu tapezieren muss man doch sowieso. Da macht es nichts, wenn wir den Rest der Tapete auch noch abreißen."

Hanni verzog unwillig den Mund. „Hm, ich bin eigentlich nicht nach Paris gekommen, um zu renovieren", sagte sie.

Nanni lachte. „Ich auch nicht. Aber wenn wir schon mal angefangen haben ..."

Sie wollten gerade an einer anderen Stelle weitermachen, als Hanni ihre Schwester am Arm packte.

„Warte mal!", rief sie. „Wir sind doch wirklich ..." Sie ging zu der letzten Stelle, an der sie die Tapete abgerissen hatten. „Sieh doch! Unter der Tapete, da ist noch eine Tapete. Und wer sagt uns denn, dass sie schon da war, als Turov hier gewohnt hat? Viel wahrscheinlicher ist doch, dass sie damals das

Dachzimmer gar nicht tapeziert hatten. Also, wenn schon, dann muss alles runter."

Nanni sah ihre Schwester an und nickte langsam. „Also, los", sagte sie entschlossen.

Die anderen waren schon fast mit dem Frühstück fertig, als die Zwillinge in Philippes Bistro stürmten.

„Wo ist Suzanne?", riefen sie. „Wir müssen unbedingt mit Suzanne sprechen!"

„Mädchen, Mädchen", sagte Philippe erstaunt, „beruhigt euch. Suzanne ist einkaufen gegangen. Sie wird jeden Moment zurückkommen."

„'anni und Nanni." Mademoiselle Bertoux trat zu Philippe an die Theke. „Wo bleibt ihr denn? Das Frühstück ist schon fast vorbei und ihr 'abt noch nichts gegessen. Wir wollen bald aufbrechen, also setzt euch 'in und esst etwas."

„Wir können jetzt nichts essen. Mademoiselle Bertoux, dann kommen wenigstens Sie mit. Und Philippe ..." Die Zwillinge drehten sich zu den anderen um. „Ach, am besten, ihr kommt alle mit. Wir müssen euch unbedingt etwas zeigen."

Leises Raunen erhob sich. Geräuschvoll schoben alle ihre Stühle zurück und standen auf. Was war denn bloß los?

„Nun kommt schon!", rief Hanni und wenig später zog eine lange Schlange, angeführt von den Zwillingen, Mademoiselle Bertoux und Philippe, über die Straße zum Hotel und nach oben in die Dachkammer.

Dort blieb Mademoiselle Bertoux erschüttert in der Tür stehen. Vor ihr breitete sich ein Werk der Zerstörung aus. Von den Wänden hingen große Tapetenfetzen. Kleine Stücke lagen auf dem Boden und auf dem Bett verstreut.

„Was 'abt ihr getan?", rief sie fassungslos.

Hanni und Nanni lachten fröhlich. „Unglaublich, nicht wahr?", sagten sie.

Die Lehrerin sah sie an, als wären sie nicht mehr ganz bei Sinnen. „In der Tat", flüsterte sie. „Kinderschen, was ist mit euch? Seid ihr krank? Sicher braucht ihr 'ilfe ... Einen Arzt ..."

Die ganze Klasse drängte sich vor der Tür, um zu sehen, was geschehen war. Nur Philippe war ins Zimmer gegangen.

„Mademoiselle", sagte er und zeigte auf eine Stelle an der Wand, „wenn es das ist, was ich glaube, dann ist es tatsächlich ... unglaublich. Kommen Sie."

Mademoiselle Bertoux runzelte die Stirn. War dieses Zimmer vielleicht verhext? Wurde jeder verrückt, der es betrat? Vorsichtig ging sie ein paar Schritte hinein und begutachtete die Wand.

„Was ist denn hier los?", kam auf einmal eine Stimme vom Flur. „Entschuldigung, darf ich mal durch ...?"

Suzanne war zurückgekommen und von Maxime gleich in die Dachkammer geschickt worden. Vorsichtig betrat sie das Zimmer.

„Ach du liebe Zeit ... Was habt ihr denn gemacht ...?" Sie sah von den Zwillingen zu den abgerissenen Tapetenfetzen und zur Wand. Auf einmal bekam sie große Augen. „Das ist ja ganz unglaublich“, flüsterte sie und trat näher an die Stelle, an der schon Mademoiselle Bertoux und Philippe standen. Nach und nach drängten auch die anderen ins Zimmer und dann sahen es alle.

Hanni und Nanni hatten sich durch mehrere Tapetenschichten gearbeitet, bis sie schließlich auf den nackten Putz der Wand gestoßen waren. Und dort schimmerten, über all die Jahre frisch gehalten durch die verschiedensten darübergeklebten Tapeten, bunte Farben hervor. Es war der Ausschnitt eines Bildes zu sehen. Er zeigte genau den Blick aus dem Fenster des Dachzimmers. Nanni hatte recht gehabt. Albin Turov hatte seine Gemälde direkt auf die Wand gemalt. Und jetzt, beinahe hundert Jahre nach ihrer Entstehung, waren sie wiederentdeckt worden. Keiner im Raum zweifelte auch nur einen Augenblick daran, dass es sich um etwas anderes handeln könnte als Turovs verschollene Bilder. Eine Zeit lang standen alle in andächtigem Schweigen vor dem kleinen Ausschnitt, den die Zwillinge freigelegt hatten.

„Das … ist … Wahnsinn“, flüsterte Suzanne. Sie drehte sich zu Hanni und Nanni um und umarmte die beiden. „Wenn es das ist, was ich glaube, dann bin ich reich.“

„Und du kannst endlich das Hotel renovieren und das schönste von ganz Paris daraus machen!“, rief Nanni fröhlich.

„Ich finde ja, das ist es jetzt schon“, sagte Hanni und lachte.

Schon einen Tag später wimmelte es im Hotel von Experten, Restauratoren, Sachverständigen aus dem Museum und natürlich einer Menge Schaulustiger und Touristen. Hanni und Nanni mussten aus der Dachkammer ausziehen und wurden in den privaten Räumen von Suzanne im Erdgeschoss untergebracht. Suzanne hatte ein großes Schild an die Tür gehängt mit der Aufschrift „Vorübergehend geschlossen“, denn wie hätte sie die ganzen Leute unterbringen sollen, die auf einmal ein Zimmer im „Fleur de Montmartre“ buchen wollten?

Die Restauratoren legten alle Wände der Kammer frei und es stellte sich heraus, dass Turov wirklich alles vollgemalt hatte. Nur die Decke hatte er weiß gelassen.

Inmitten des ganzen Durcheinanders im „Fleur de Montmartre“ planten Lilly, Daniela, Erika, Hanni und Nanni die Party für Suzanne und Philippe. Jetzt gab es ja wirklich etwas zu feiern.

„Wisst ihr was?“, sagte Erika, während sie in Suzannes Wohnzimmer auf dem Sofa saßen und die Einkaufsliste zusammenstellten. Bald würde der Tag der Abreise kommen und sie mussten sich beeilen. Die Sachverständigen hatten das gesamte obere Stockwerk abgesperrt, sodass es äußerst schwierig war, auf den Dachgarten zu gelangen. Sie mussten warten, bis die Letzten abends das Hotel verlassen hatten.

„Wisst ihr was?“, fragte Erika noch einmal, nachdem niemand reagiert hatte.

„Hmm?", machte Lilly nachdenklich. Sie grübelte darüber nach, wo man in Paris ein paar anständige Hamburger herbekommen konnte. Schließlich beschloss sie, Maxime zu fragen.

„Hier herrscht doch jetzt jede Menge Trubel. Alle sind glücklich und ganz aus dem Häuschen, dass die Bilder von Albin Turov gefunden wurden ..."

„Ja, und?"

„Nur einer nicht", sagte Erika. „Philippe lässt sich seit dem Fund der Bilder nicht mehr hier blicken. Und drüben im Bistro verschwindet er sofort, wenn wir oder Suzanne hereinkommen. Er macht ein Gesicht wie drei Tage Regenwetter. Dabei ist bald Frühlingsanfang in Paris."

„Bestimmt hat er Liebeskummer", sagte Daniela. „Immerhin fahren wir ja bald wieder ab."

Die Zwillinge sahen sie ungläubig an. „Du meinst doch nicht etwa, wegen dir ...?", fragten sie.

„Warum nicht?" Daniela zuckte mit den Schultern. „Immerhin hat er mich in dem Kleid gesehen, das ich auf der Modenschau getragen habe."

Lilly schüttelte unwillig den Kopf. „Unsinn", sagte sie. „Aber Erika hat recht. Wir müssen herausfinden, was mit ihm los ist."

Über den Dächern von Paris

Hanni und Nanni wollten gerade aufbrechen, um Philippe zu suchen, als Suzanne hereinkam.

„Ach, du meine Güte“, rief sie völlig aufgelöst. „Ich weiß gar nicht, wo mir der Kopf steht! Das ganze Haus ist voll mit diesen Experten und Handwerkern. Und ich muss das Hotel schließen, ausgerechnet jetzt, wo endlich mal ein paar Leute hier übernachten wollen ...“

„Suzanne“, unterbrach Hanni sie, „weißt du vielleicht, wo Philippe ist?“

Suzanne zuckte mit den Schultern. „Woher soll ich das wissen? Bei dem ganzen Trubel hier ...“ Sie stutzte. „Ich hab ihn schon länger nicht gesehen ...“, sagte sie mehr zu sich selbst als zu den Mädchen. Doch dann hatte sie gleich wieder andere Dinge im Kopf und fuhr fort: „Diese Experten ... Die Gemälde sind wahnsinnig wertvoll, sagen sie. Sie würden sie am liebsten ins Museum bringen, aber wie? Sie müssten wohl die ganze Mauer abreißen und mitnehmen. Dann stürzt womöglich das Dach ein. Oder sie wollen das obere Stockwerk zu einem Museumsbereich umfunktionieren ... Was weiß ich. Ich soll jede Menge Papiere unterschreiben ... Ach, ich weiß gar nicht, wo mir der Kopf steht." Sie machte eine kurze Pause. „Hab ich das gerade eben nicht schon einmal gesagt?"

„Ja ...", sagte Nanni vorsichtig. „Wir müssen dann mal ..."

Die Zwillinge, Lilly, Daniela und Erika schlichen nacheinander zur Tür hinaus. Suzanne schien es gar nicht zu bemerken. Sie redete einfach weiter.

„Jetzt wollen sie was zu essen ...", hörten sie ihre Stimme durch die angelehnte Tür.

„Nichts wie weg", flüsterte Hanni und sie rannten über die Straße in Philippes Bistro. Dort saßen jede Menge Leute, die neugierig zum Hotel hinübersahen. Aber von Philippe war nichts zu sehen. Sie wollten schon wieder gehen, als Erika auf die Idee kam, in der Küche Maxime zu fragen.

Der Koch hantierte geschäftig mit Töpfen und Pfannen. Und neben ihm stand Philippe und schnitt Zwiebeln.

„Philippe!", riefen Hanni und Nanni überrascht. „Was machst du denn hier?"

„Das ist mein Restaurant. Ich arbeite hier", sagte Philippe und lachte. Dann schossen ihm auf einmal Tränen in die Augen. „Oh, Maxime ... Diese Zwiebeln sind furchtbar scharf."

„Sie müssen so sein", sagte Maxime erbarmungslos. „Du wolltest in der Küche helfen, also schneide Zwiebeln."

„Du wolltest ... freiwillig in der Küche helfen?" Hanni und Nanni staunten. Da konnte doch etwas nicht stimmen.

„Na und?" Philippe winkte ab und wandte sich wieder seinen Zwiebeln zu.

„Ach, er ist nur schlecht gelaunt wegen dem Wirbel um die Bilder und dem ganzen Trubel da draußen", rief Maxime. Er löschte einen Braten mit Brühe ab, sodass es spritzte und zischte. Eine Wolke von weißem Dampf stieg auf und ein herrlicher Duft zog durch die Küche.

„Mhmm", machte Lilly und schnupperte mit der Nase in der Luft.

„Das stimmt überhaupt nicht", rief Philippe und warf das Messer hin. „Ich muss raus, nach den Gästen sehen." Ohne ein weiteres Wort rauschte er zur Tür hinaus.

„Oh, là, là", sagte Maxime.

„Was ist denn mit dem los?", fragte Hanni.

Maxime zuckte mit den Schultern. „Wenn du mich fragst, hat es was mit Suzanne zu tun. Aber so genau weiß ich es auch nicht. Ich bin jetzt schon sehr lange Koch bei Philippe, aber so habe ich ihn noch nie erlebt."

„Was sollte das mit Suzanne zu tun haben?", fragte Daniela schnippisch. „Ich glaube eher ..."

„Maxime, weißt du vielleicht, wo man hier gute Hamburger bekommt? Und Luftschlangen? Und Girlanden?", unterbrach Lilly sie schnell.

Maxime sah sie erstaunt an. „Wozu braucht ihr denn das alles?", fragte er

Die Mädchen tauschten einen verschwörerischen Blick.

„Das muss aber unter uns bleiben", sagte Nanni schließlich leise.

Maxime nickte.

„Wir möchten eine Überraschungsparty für Suzanne geben – und eigentlich auch für Philippe. Schließlich haben sie uns hier so nett aufgenommen. Und nach dem Fund der Bilder gibt es ja sowieso was zu feiern."

„Gute Idee!", rief Maxime fröhlich und schob seinen Braten in den Ofen. „Und ihr wollt von mir wissen, wo es les meilleurs 'amburgähr – die besten 'amburgähr – der Stadt gibt? Ha." Er lachte und warf sich elegant ein Küchenhandtuch über die Schulter. „Die gibt es natürlich bei mir. Ihr wollt doch nicht irgendwelche kaufen, wenn ihr den besten Koch der Stadt kennt? Ich mache euch 'amburgähr, wie ihr noch nie welche gegessen habt."

„Ehrlich?" Die Mädchen sahen ihn begeistert an. „Das ist ja super." Wenn Maxime sich um die Verpflegung kümmerte, waren sie schon einen gewaltigen Schritt weiter. Dann müssten Lilly und Daniela nur noch die Deko organisieren. Und Hanni, Nanni und Erika die Getränke.

Der Abend der Party rückte näher. Trotz Maximes Hilfe war es gar nicht so einfach, den Dachgarten für das Fest vorzubereiten. Die Experten schwärmten den ganzen Tag und auch noch spätabends durchs Haus. Suzanne wurde immer nervöser und tauchte alle Augenblicke überall auf, um nach dem Rechten zu sehen. Nur ums Wetter mussten sie sich keine Sorgen machen. In den letzten Tagen war es immer wärmer geworden.

Schließlich klappte doch noch alles rechtzeitig. Nanni hatte von ihrer Suche nach den Bildern immer noch den Schlüssel zum Dachgarten in der Tasche. In der Nacht vor der Party dekorierten Hanni, Nanni, Erika, Lilly und Daniela alles und schafften die Getränke nach oben. Maxime baute einen großen Grill auf und stellte einen Sack Holzkohle daneben. Nachdem sie spät in der Nacht endlich fertig waren, schloss Nanni die Tür ab.

„Da kommt bis morgen Abend keiner hoch", sagte sie bestimmt. „Nicht mal der Obersachverständige ..."

Die anderen kicherten.

„Hoffen wir's", sagte Lilly. Dann gingen sie rasch ins Bett.

„Ich glaube, Erika liegt gar nicht so falsch mit ihrer Vermutung", sagte Nanni, als sie in ihrem Zimmer waren.

„Was für eine Vermutung?", fragte Hanni müde. Sie hatte sich nur schnell die Zähne geputzt und war schon auf dem Weg ins Bett.

„Wehe, du schläfst jetzt gleich wieder ein", warnte Nanni sie. „Die Vermutung, dass Philippe in Suzanne verliebt ist."

„Du meinst, das äußert sich dadurch, dass man schlecht gelaunt durch die Gegend rennt und sich vor demjenigen versteckt, den man liebt? Und außerdem schlafe ich gar nicht immer gleich ein", sagte Hanni und schlüpfte unter die Decke.

„Interessante Frage", meinte Nanni und putzte sich ebenfalls die Zähne. „Auf jeden Fall ist Maxime auch der Meinung", fuhr sie fort, als sie fertig war.

Hanni brummelte nur etwas.

„Hanni? Hanni?“

Aber Hanni war schon eingeschlafen.

„Verflixt noch mal“, schimpfte Nanni und legte sich ebenfalls hin.

Endlich war der große Tag der Party gekommen. Alle freuten sich wie verrückt auf den Abend. Aber sie waren auch ein bisschen traurig, weil das hieß, Abschied zu nehmen. Bald würden sie zurückfahren und Paris und Suzanne und Philippe und Maxime für lange Zeit nicht mehr wiedersehen. Aber daran wollte noch keiner denken.

Und Zeit zum Nachdenken hatten sie ohnehin nur wenig. Mademoiselle Bertoux hatte sich ein umfangreiches Besichtigungsprogramm ausgedacht und jagte die Mädchen noch einmal durch die ganze Stadt. Erst gegen Abend kehrten sie ins „Fleur de Montmartre“ zurück.

Im Hotel herrschte noch reger Betrieb, als sie ankamen, aber nach und nach wurde es ruhiger. Und während die anderen die letzten Vorbereitungen trafen und Maxime den Grill anwarf, suchten die Zwillinge Suzanne im ganzen Hotel. Aber sie war nirgends zu finden. Hanni und Nanni wollten gerade nach oben auf den Dachgarten gehen, um die schlechte Nachricht zu überbringen, dass der Ehrengast des Abends leider nicht aufzufinden war, als sie Stimmen aus ihrem ehemaligen Zimmer hörten. Dem Zimmer des Malers …

„... und ob wir die Wand abtragen können oder nicht, Mademoiselle“, sagte eine Stimme, „die Bilder Albin Turovs sind Gold wert. Sie können sich in Zukunft jeden Wunsch erfüllen ... Lassen Sie sich nur nicht verwirren von all den Geschäftemachern und vermeintlichen Kunstliebhabern, die jetzt auf Sie zukommen werden. Man wird Ihnen astronomische Summen anbieten. Aber bedenken Sie, auch wir vom Museum zahlen Ihnen genug und wir machen die Bilder jedem zugänglich. Die anderen verschachern sie oder lagern sie in irgendeinem Tresorraum, wo niemand sie je zu Gesicht bekommt.“

„Ja, ich weiß“, seufzte Suzanne.

Die andere Stimme gehörte dem letzten noch verbliebenen Sachverständigen. Die beiden standen vor den Gemälden Albin Turovs.

„Wie Sie sich auch entscheiden ...“, sagte der Sachverständige leise. „Ich werde jetzt gehen. Morgen ist auch noch ein Tag.“

„Auf Wiedersehen.“ Suzanne gab ihm die Hand. „Und vielen Dank.“

Der Sachverständige ging. Hanni und Nanni hatten sich schnell ins Bad zurückgezogen und er bemerkte sie nicht. Als er weg war, eilten sie aufgeregt zu Suzanne.

„Wir haben gehört, was er gesagt hat!“, rief Hanni. „Suzanne, das bedeutet, du kannst alles machen, was du willst. Ans Meer ziehen oder in die Berge ... Was du willst.“

Suzanne lächelte müde. Sie wirkte sehr erschöpft. „Ja, genau. Mal sehen, was ich mir da aussuche ...“

„Ehrlich?" Nanni sah sie mit großen Augen an. „Ich dachte, du wolltest das Hotel renovieren."

„Das braucht sie jetzt doch nicht mehr", meinte Hanni. „Sie muss kein Geld mehr verdienen. Stimmt's, Suzanne?"

„Wahrscheinlich", sagte Suzanne und nickte. „Und das Hotel renovieren ... Das wollte ich ja nicht allein machen ... So etwas macht man zu zweit." Einen Augenblick sah sie traurig auf die Bilder. „Aber was macht ihr denn hier oben? Lasst uns nach unten gehen."

„Warte noch", meinte Nanni. „Wir wollten dir etwas zeigen. Komm mal mit."

Sie gingen eine Treppe höher und brachten Suzanne unter Protesten dazu, die Augen zu schließen. Dann führten sie sie hinaus auf den Dachgarten.

Es war eine laue Nacht und alle hielten den Atem an, als die Zwillinge mit Suzanne durch die Tür kamen. Nur das Rauschen des Pariser Verkehrs war zu hören.

„Du kannst die Augen wieder aufmachen", sagte Hanni.

Als Suzanne sie öffnete, brach ein unbeschreiblicher Jubel los. Alle stürmten auf sie zu, ließen sie hochleben und bedankten sich bei ihr für ihre Gastfreundschaft. Allen voran Mademoiselle Bertoux.

Suzanne wusste gar nicht, wie ihr geschah. Erstaunt blickte sie sich um und lachte. Damit hatte sie nun wirklich nicht gerechnet. Überall hingen bunte Girlanden und Lampions.

Auf einem großen Tisch waren Getränke und Knabberzeug aufgebaut. Maxime stand mit einer großen Kochmütze am Grill und briet Hamburger.

„Alles für mich ...?“ Suzanne war wirklich fassungslos. „Das ist doch nicht ...“

„Oh doch, das ist sehr wohl nötig, Kindschen!“, rief Mademoiselle Bertoux und lachte. „Das war einer der besten Einfälle, den meine Mädschen je ge'abt 'aben. Und ich wünsche dir alles Gute.“

Alle holten sich etwas zu trinken, stießen mit Suzanne an und dann drehte Lilly die Musik auf und es wurde getanzt. Das vertrieb auch Suzannes Müdigkeit. Sie lachte und tanzte mit Hanni, Nanni, Lilly und Erika. Erst viel später setzte sie sich auf eine Bank, um eine Pause einzulegen. Dabei fiel ihr etwas auf. Sie rief Nanni zu sich.

„Hör mal, wo ist eigentlich Philippe? Ich habe ihn den ganzen Abend noch nicht gesehen. Und überhaupt ... seit einigen Tagen ...“, sagte sie leise.

„Er wollte nicht kommen“, meinte Nanni. „Er hat zu viel zu tun, hat er gesagt.“

„Ah, ja.“ Suzanne nickte verständnisvoll. Aber es klang sehr enttäuscht.

Nanni schmunzelte und ging zu Hanni und Erika auf die Tanzfläche. „Leute“, sagte sie. „Wir müssen unbedingt Philippe holen. Ich fresse einen Besen, wenn Erika sich getäuscht hat.“

Also gingen sie nach unten ins Bistro und ließen Philippe keine Ruhe, bis er sich endlich bereit erklärte, mit ihnen zu kommen.

„Aber nur für fünf Minuten“, grummelte er.

„Genau“, sagte Nanni grinsend. Sie und Hanni hakten sich bei ihm unter und schleppten ihn auf den Dachgarten. Dort ließen sie ihn einfach stehen.

„Jetzt mal sehen, was passiert“, meinte Hanni und griff nach einer Flasche Limonade. In dem Moment rauschte Daniela an ihnen vorbei.

„Na, endlich!“, rief sie. „Philippe!“

Doch bevor sie bei ihm war, packte Lilly sie am Arm. „Nein, nein, nein“, sagte sie energisch. „Du kommst jetzt mal tanzen. Den ganzen Abend hast du nur herumgestanden.“ Sie zwinkerte den anderen zu.

Daniela warf einen Blick auf Philippe, dann auf die Tanzfläche. „Na, gut“, sagte sie. „Den kann ich mir auch nachher noch schnappen.“

„Ja, klar.“ Hanni und Nanni grinsten. Sollte sie doch denken, was sie wollte. Hauptsache, sie war erst einmal weg.

Nun hatte Philippe Suzanne entdeckt. Sie stand allein am Geländer und blickte über die Dächer der Stadt. Zögernd ging er zu ihr.

„Hey“, sagte er.

Überrascht drehte sich Suzanne um. „Philippe!“, rief sie erfreut. „Wie schön ...“

„Na ja“, brummte Philippe. „Ich wollte dir gratulieren ... Du bist ja jetzt eine begehrte Persönlichkeit in Paris ...“

Suzanne sah ihn stirnrunzelnd an. „Was redest du denn da?“

„Man hört eben so dies und das ... Und das Hotel ist die ganze Zeit belagert von Schaulustigen und Kunstexperten ...“

„Was hört man denn?“, fragte Suzanne streng.

„Ach ...“, druckste Philippe herum. Er war irgendwie komisch, Suzanne erkannte ihn gar nicht wieder. „Die Leute sagen, du würdest das Hotel bestimmt verkaufen und wegziehen. Du wärst jetzt reich und könntest dir alles leisten, was du willst ...“

Suzanne seufzte und schüttelte den Kopf. „Sag mal, Philippe, seit wann hörst du denn darauf, was die Leute sagen?“

Philippe zuckte mit den Schultern und stand da wie ein kleiner Junge. „Vielleicht, weil es um dich geht?“, sagte er leise.

Suzanne lächelte. „Ach, komm. Du kennst mich doch am besten von allen, nicht wahr?“

„Ich weiß nicht ... Vielleicht ... Es ist nur, weißt du, ich dachte, es könnte jetzt immer so bleiben ... Du machst dein Hotel, ich das Bistro ... Wir wohnen hier und sind für immer Freunde ...“ Er lehnte sich neben Suzanne ans Geländer. „Ich hab euch so lieb, diese Stadt und dich“, sagte er so leise, dass sie es kaum hören konnte. „Und jetzt wird alles anders.“

Suzanne spürte auf einmal ihr Herz höherschlagen. Sie blickte ihn an und rückte ein wenig näher zu ihm. „Unsinn. Nichts wird anders“, sagte sie sanft. „Ich wollte doch auch nie etwas anderes, als mit euch hier zu leben. Und ich hab euch auch lieb, dich … und diese Stadt. Ich würde euch nie verlassen."

Philippe brauchte einen Moment, bis er verstand, was Suzanne gesagt hatte. Vorsichtig legte er den Arm um sie. „Kann es sein, dass ich da ein paar Dinge falsch verstanden habe?", flüsterte er glücklich.

„Es scheint so", flüsterte Suzanne zurück.

Nanni stieß Erika mit dem Ellbogen an. Sie hatten die ganze Szene aus sicherer Entfernung beobachtet. Jetzt hob Nanni den Daumen.

„Na, also", sagte Erika zufrieden.

„Genug geflüstert!", rief Hanni auf einmal. Sie hatte sich unbemerkt an Philippe und Suzanne herangeschlichen. „Jetzt wird gefeiert." Sie nahm die beiden an der Hand und zog sie auf die Tanzfläche. Suzanne und Philippe sahen sich verdutzt an und lachten. Und dann hüpften alle wie die Wilden zu den Klängen aus Lillys MP3-Player.

Morgen würden sie abreisen, zurück nach Schloss Lindenhof. Aber bis dahin wollten sie feiern, was das Zeug hielt. Und Philippe und Suzanne würden ganz bestimmt auch nächstes Jahr noch da sein. Hanni und Nanni hatten sich schon fest vorgenommen, sie wieder zu besuchen …